Paulo Sergio Viana
LA ŜIRMEJO

SERIO ORIGINALA LITERATURO

Paulo Sergio Viana

LA ŜIRMEJO

MONDIAL

Mondial
Novjorko

Paulo Sergio Viana
LA ŜIRMEJO

Serio Originala Literaturo

Kovrilo: Mondial

ISBN 9781595694843

www.esperantoliteraturo.com

Dankon, maljuna viro, kiu jam malrapide kaj hezite paŝas, fine de la vojo.

Dankon, maljuna virino kun nebulaj okuloj, kiuj jam multon vidis.

Mi dankas, ke mi povis de vi multon lerni, dum nia kunvivado.

Mi ne admiras kaj estimas vin pro tio, ke vi estas aparte saĝaj, aparte sanktaj; mi admiras vin pro la granda kvanto da vivo, kiu sidas sur viaj ŝultroj.

Vi trairis vastajn arbarojn, ardajn dezertojn, insidajn marojn, ĝis vi alvenis al ĉi tiu malfortika radseĝo, sur kiu vi nun ripozas. Ĝi estas trono, meritoplene konkerita, kaj mi klinas min antaŭ via potenco.

Dankon, ke vi malavare heredigis al ni viajn historiojn.

TAGLIBRO EL GROTO

La 1-an de aprilo 20..

Fine okazas ĝojo, en ĉi tiu malgaja loko. Mi vekiĝis fruma-
tene kun la vorto "groto" en mia kapo. Groto, groto. Ĝi sonas
malĝoja kaj lameta, kiel ĉi tiu loko. Ĝi kongruas kun "funebra":
funebra groto, du bone parigitaj vortoj. Sed eĉ estante melanko-
liaj, ili aportis al ĉi tiu ejo la unuan ĝojon post multaj semajnoj.
Mi klarigas: mi ekmemoris, ankoraŭ en tiu sama frumateno, ke
mi alportis malnovan vortaron en mia valizo, kiam mi venis ĉi
tien. Antikvan eldonon de la Malgranda Brazila Vortaro de la
Portugala Lingvo, eldonita de "Eldonejo Brazila Civito", ver-
kita ankoraŭ laŭ la malnova ortografio. Ĉarma "Aurélio", kiun
jam neniu uzas, kun malmola kovrilo iom ĉifona pro longa
uzado, kun folioj iom flaviĝintaj, sed ankoraŭ bone legeblaj.
Mia granda amiko, ĉar kune ni kundividis revoplenajn noktojn.
Kia plezuro repreni ĝin per miaj manoj kaj senti la foran odoron
de ŝimo mikse kun eltrovoj, vortoj, ideoj. Precize nun, ekzem-
ple ĝi permesas al mi, ĉiam delikate, aserti, de nun, ke mi loĝas
en groto. Mi eĉ emociiĝis. Tiel ke, de nun, por korekti malno-
van mankon, mi decidis doni al ĝi nomon: mia amiko vortaro,
estu registrite, eknomiĝas Ludoviko.

La sekva paŝo estis komenci ĉi tiun taglibron, surbaze de
vortlibro, sed mi neniel garantias, ke mi ĉiutage notos. Eventu-
ale, unu fojon semajne, eĉ dusemajne.Vere, vere, mi ne havas
pravigeblajn kialojn por verki taglibron; mi nur faras tion kun
kompleta necerteco pri ĝia estonteco, kaj kun la simpla kon-
sidero, ke aliflanke, mi ne same ne havas kialon por ne verki
ĝin. Eble la banala kialo estas doni al mia amiko Ludoviko
kompanion, en la valizo: ĉi tiun notkajeron, en kiun mi metos
plej senpretendajn pensojn. Jen: mi povas havigi al mi unu
plian amikon en ĉi tiu malĝoja ĉambreto: mia taglibro de nun
nomiĝas Gustavo. Babilado inter tri estuloj certe estos pli vigla.
Mi zorge klopodos havigi aliajn membrojn al nia rezervita, sek-

reta, diskreta grupeto de amikoj. (Ĉu tio estis rimoj aŭ aliteracio?) Por hodiaŭ, tio sufiĉas Ludoviko, Gustavo kaj mi, Karlo. Plezuron.

* * *

Retoro: Oratoro, kies parolo estas tro afekta.

La 3-an de aprilo 20..

Ne pasis tri tagoj kaj jen mi ĉi tie denove, Gustavo. Okazis, ke Ludoviko sendis al mi belegan vorton, kiun ni nepre devas enregistri ĉi tien. La ora sono de tiu vorteto karesas la buŝon, kiel kraketanta biskvito: re-to-ro. Ĝuinde. Foje mi rimarkas, ke mi nevole murmuras *retoron*, ripete, kiel retoraĵon. Kaj ĝi bone kongruas kun la verva vivstilo en ĉi tiu domo, kie mi nun vivas.

Ni loĝas en ĉi tiu azilo de ses monatoj, mi kaj Iza. (Azilo: mi ne timas ĉi tiun vorton, kiu timigas multajn homojn: azilo. Oni emas transformi ĝin en "hejmon por maljunuloj", kio tute ne plaĉas al mi, tiu hipokrita eŭfemismo. For la ŝajnigojn, bonvole.) Ni venis el la ĉefurbo, alportitaj de nia filo. Kompatinda filo, li jam ne povas loĝigi nin ĉe si. Li multe laboras, ankaŭ lia edzino, la adoleskantaj idoj ne interesiĝas pri du senutilaj gemaljunuloj, malĝojaj kaj bezonantaj zorgojn, tiel ke ni fariĝis penigaj ŝarĝoj. Mi komprenas lin kaj ne tenas en mi ĉagreniĝon. Li de tempo al tempo telefonas, hasteme, kaj li petas informojn; ĉi tie ne ekzistas informoj, ĉi tie la vivo estas retoraĵo. Iom post iom tiuj telefonalvokoj maloftiĝas, mi komprenas. Ili estas malvarmaj, malplenaj dialogoj interrompitaj per longaj paŭzoj malkomfortigaj. Eble pro tio li jam ne kontaktas de antaŭ preskaŭ unu monato, mi kalkulas. Jen ĉi tie bona kialo por kultivi ĉi tiun taglibron, kun kiu mi povas interparoli iam ajn, laŭvole.

Iza, sur la apuda lito, estas demenca, ekde antaŭ ol ni alvenis. Ŝi jam ne interŝanĝas ideojn, ŝia rigardo estas nebula, fora, ŝi apenaŭ parolas, sensence, ĝenerale pri fora pasinteco. Ni estas geedzoj de kvardek ok jaroj. Mi ne diras, ke ĝi estis geedzeco perfekta. Mia malbonhumoro ĝenis ŝin. Ŝi estas delikata virino, instruistino pri manlaboroj, en tempo kiam manlaboro estis gimnazia lernobjekto. Mi neniam havis multe da pacienco rilate ŝian kroĉetadon, trikadon kaj paperfaldadon, mi neniam estis sufiĉe sentema por la poezio, kiu troviĝis en ŝiaj lertaj manoj, kiuj kunmetis simplajn, utilajn objektojn. Kaj ŝi ĉiam suferetis pro mia nesentemo de inĝeniero racia kaj kalkulema. Iom post iom ni distanciĝis, inter kvar muroj, ŝi kun siaj manmovoj, mi kun miaj senutilaj mensaj akrobataĵoj. Ni neniam grave malpaciĝis, sed ia malvarmo nepercepteble instaliĝis. Nun mi rigardas ŝin, kiam ŝi apenaŭ povas paŝeti, kaj mi ĉirkaŭiras kulpon. Ĉu ĉagreno kaŭzas demencon? Mi estas diabetulo de kelkaj jaroj, kaj mi perdis mian maldekstran kruron. Tio estis melankolia ĉapitro en mia vivo, pri kiu mi ne detaligos. La dekstra kruro ankoraŭ servas min bone, ĝi helpas min eliri kaj reveni sur ĉi tiun radseĝon; mi estas tre zorgema pri mia dekstra kruro, ĝi antaŭ kelkaj tagoj subite ruĝiĝis, kaj alvenis stulta febro, kiu igis min vidi serpentojn sur la muro de la ĉambro. Oni urĝe alvokis doktoron. Doloraj injektaĵoj de antibiotikoj suferigis min malpli ol la timo perdi la restantan kruron. Mi rigardis ĝin, ĝi ŝveliĝis, kaj mi petegis, ke ĝi revenu al la antaŭa simpatia bonkonduto de ulo, kiu devas labori por du. Mi multe dankis, kiam ĝi iom post iom revenis al la normala stato. Mi nun eĉ konjektas doni al ĝi nomon, ankaŭ, kiel esprimon de danko. Normala stato estas ne tute ĝusta esprimo: ĝi daŭre restis violkolora, la haŭto maldika, kvazaŭ ĝi eble rompiĝos post eta froto. Pli bone ol nenio.

* * *

— 11 —

Festeni: partopreni en festa manĝo, luksa kaj abunda.

La 10-an de aprilo 20..

Matenmanĝo estas momento de sufero. Ĝi memorigas min pri filmo de Buñuel, kiun mi spektis kiam mi estis juna, nome de tiu hispano iom frenezeta, kiu kunmetis sensencajn historiojn. Filmo pri almozuloj en patosa supeo, kiu kondukis al perforto. Ĉi tie ne okazas tia konduko, sed la tragedio estas la sama. El-salivantaj homoj kun malpuraj gingivoj, tremantaj manoj verŝas kafon sur la tablon, molaj vangoj, restaĵoj de dentoj. Mi neniam eltenis rigardi manĝantajn buŝojn.

Plej malbone estas, ke oni ankoraŭ kondukas Izan al la manĝotablo; flegistinoj diras, ke tio estas al ŝi bonfara, mi ne vidas, kiel. Aliaj maljunuloj rigardas ŝin malŝate kaj moke, ĉar ŝi havas sian vizaĝon konstante kuntirita, malbela, malplaĉa, malkomforta. Kaj krome la dorso kurba, kvazaŭ ŝi tuj falos sur la teleron. Iza aspektas, kiel se ŝi ĉiam emas plendi pri io; kaj en ĉi tiu loko ne mankas priplendindaj aferoj. Mi lernis koncentriĝi je mia maldensa kafo, je mia taso kaj je mia pano, ĉiam kun tre malmulte da butero. Iel ajn, tio estas ekzerciĝo: mi neniam tiom atentis pri tio, kion mi manĝas, mi, kiu ĉiam englutis la matenan kafon rapide, por ne malfrui en la laborejo. Kiam foriras de ĉe la tablo (por fari nenion), tio estas faciligo.

* * *

La 13-an de aprilo 20..

Alia konsterna momento en ĉiu tago estas la bano, matene. Oni elprenas nin el la lito per puŝoj, je la aŭroro; oni tiregas la litkovrilojn, parolante tre laŭte. Feliĉe mi ĉiam vekiĝis frue, eĉ kiam mi libertempis; aliflanke, mi neniam eltenis bruon kaj konfuzon, matene. Mi ĉiam vekiĝis mishumora. (Iza ĉiam diris, ke mia humoro estas aĉa dum la tuta tago, sed ŝi estas suspektinda, Iza neniam bone vidis min laŭ mia interno, laŭdetale. La problemo estas, ke nia percepto pri humoro ĉiam estis tre malsama. Memorigu min rakonti al vi okazaĵon pri tio, en proksima estonta tago, Gustavo.) La bano estas ĉiam iom perforta. Oni senvestigas nin per movoj malmolaj kaj krudaj: oni ne lavas homojn, oni lavas korpojn. Ĉe mi, ĉar mankas unu kruro, fortranĉita super la iama genuo, la afero estas des pli kruda. La firmaj manoj de la flegisto transmetas min el la ordinara radseĝo al banseĝo per atleta lerteco, poste oni lasas min dum iom da tempo en vico de viroj, elmetita humilige, ĉar mi neniam min montris tiasituacie. Pligravigas la scenon la fakto ke la flegisto, kvankam li ne interparolas kun ni – li koncentriĝas je la ideo tuj fini tiun parton de siaj taskoj, kiun neniu flegisto ŝatas – fajfas iajn konfuzajn muzikfrazojn sen ia senco aŭ melodio, ĉiam malsamajn kaj absurdajn. La akvo, ne ĉiam sufiĉe varma, falas sur la korpon en momento, kiu devus estis tuŝe plezura, sed fine fariĝas malagrabla sento, pro la kruda vira mano, tegita per malglata, dikfadena, sapoplena spongo, kiu promenas sur mia korpo kiel furioza denshara besto. Post verŝado de akvo, finiĝas la turmento, kiu almenaŭ ne longe daŭras. Dolora kombilo aranĝas miajn harojn. Dum la aspergado, mi lernis, same kiel dum la manĝoj, ke mi povas direkti miajn pensojn al unu punkto, ia anestezia punkto. Mi eltrovis, ke simpatiaj drozofiloj loĝas en la banejo. Mi rigardas ilin, kiuj dancas frenezete, dum la akvo ŝprucas. Ili povas flugeti kaj salteti; ĉi tie, foje, oni povas pensi, ke homo valoras malpli ol drozofilo. Kiom da kruroj havas drozofilo, Gustavo?

* * *

Hejmveo: sinonimo de nostalgio.

La 15-an de aprilo 20..

Miaj vizitoj al Gustavo estas sufiĉe oftaj, kaj tamen mi supozis, ke mi ne havos multajn pensojn por enmeti ĉi tien. Kiom da pensoj, he! Se oni bone konsideras, ĉi tiuj notoj, tiel datigitaj, funkcias kiel tempomarkiloj. Ili helpas min plupaŝi, per mia unusola kruro, laŭ la pasado de la tagoj. Mi amuze memoras Robinsonon Kruzon, kiu, en sia senhoma insulo, faris unu komencan decidon, nome la registradon de la tago, sur arbotrunko, se mi bone memoras. Li saĝe perceptis, ke la tempo, se oni zorge sekvas ĝin, trankviligas kaj akomodas nin, ĉar ni ricevas la iluzion, ke ni kontrolas ĝian fluadon. Mi iam legis, ke homoj enkarcerigitaj en blankaj ĉambroj, kien ne envenas taglumo aŭ ia ajn informo pri la ekstera mondo, en plena silento, pli aŭ malpli frue freneziĝas. Eĉ se tio estas iluzio, nun mi lernas, ke la fluado de la tagoj estas ia vera beno, same kiel firma grundo. Ĉio alia estas nur filozofio.

Hodiaŭ mi vekiĝis meze de forta, dolĉa rememoro. Junulino, kiun mi konis. Tiam mi jam estis edzo de Iza, sed mi neniam kuraĝis tion rakonti al ŝi; nun jam estus sensence rakonti. Mi jam ne memoras la nomon, sed mi klare memoras ŝiajn helajn, revemajn okulojn, ĉiam malsekajn. Ŝi havis voĉon de ŝaŭmvino, siblan kaj varman. Al ŝi plaĉis temoj polemikaj, kiuj incitas interparolantojn kaj ŝajne infanece amuzis ŝin. Ŝi kultivis sofismojn kvazaŭ ŝi rakontus anekdotojn. Mi memoras, ke iam ŝi provokis min per demando: kio okazus al la homoj, sen fido? Mi neniam sciis tute certe, kion mi sentis pri tiu junulino, kiam mi jam estis edziĝinta de dek jaroj. Ŝi ne estis bela, sed ŝi posedis trançajn okulojn kaj parolojn. Kiel nian unusolan kaj naivan sekreton, mi kaŝis de Iza ŝian nelongan ekziston (ŝi malaperis el mia vivo same kiel ŝi envenis: mistere, senaverte kaj senspure), kaj malgraŭ ĉio, mi havis nenion por kaŝi, ĉar niaj interparoloj okazis kiel irado sur malforta balanciĝanta ŝnuro, kaj neniam estis io alia ol banala filozofio. Nun mi bone scias, kio allogis min: tio estis la mistero, la deloga mistero de neantaŭvideblaj personoj.

* * *

Morna: preme malĝojiga, malhela.

La 20-an de aprilo 20..

Ĉi tie vivas viro, kiu tre malplaĉas al mi. Ni neniam interŝanĝis eĉ unu vorton, sed li aspektas vere malŝatinda. Li metas sur siajn blankajn harojn glatigan gelatenaĵon kaj konservas sur la lipoj nevarian ironian rideton. Li ĉie fumas, tiel ke lin ĉiam envolvas fetora nebulo el malmultekosta tabako, mikse kun odoro, kiu venas el grandega krura ulcero, sur kiu muŝoj iras laŭvole, sub lia permesa rigardo. Unu el liaj kruroj estas atrofiita, kaj tiun li ĉiam kruce metas sur la alian kruron, en pozicio neniam ŝanĝata. Li malmulte parolas, kaj kiam li tion faras, li eligas basan, gluecan voĉon, kiun li uzas por ĉiam vulgaraj, foje maldecaj vortoj.

— 15 —

Mi supozas, ke mi sendas al li nesimpatiajn rigardojn, ĉar li rigardas min siavice per eĉ pli feroca maniero ol ĉiujn aliajn personojn. Li preterpasas min kaj gruntas nekompreneblajn sonaĉojn, kiuj pensigas min malprecize pri minaco. Antaŭ kelkaj tagoj ni interŝanĝis rapidan rigardon, kaj li kraĉis flanken, naŭze. Li ĉiam faras tion, sed tiumomente mi sentis, ke li kraĉas sur min, pro mi, al mi. Mi devas zorgi. Katenita, besto eble estas pli danĝera.

Kiel mi, li treniĝas sur malnova radseĝo, kiun li movas malfacile. Dum la manĝoj, li sidiĝas antaŭ mi, por mia abomeno. Li prenas la forkon kvazaŭ ponardon. Foje li ŝtelas la deserton de alia apuda maljunulo. Laboristoj ĉi tie diras, ke li estis granda donjuano, ke li havis multajn virinojn kaj multobligis infanojn en la mondo, el kiuj kelkajn li eĉ ne konis. Kompatinda mondo, kompatindaj infanoj – tiuj, kiuj konis lin.

* * *

Anfrakto: neregulforma kavaĵo.

La 2-an de majo 20..

Mi vekiĝis en malfrua nokto tute malseka pro malvarma, viskoza ŝvito, malbonodora, oleeca. Mi sonĝis pri nigra kaverno en kiu loĝis amaso da ruĝokulaj vampiroj. Unu el tiuj flugilhavaj ratoj alproksimiĝis kaj, je mia miro, ĝi havis bonkoran kaj helpeman rigardon, kaj ĝi sin proponis por piki al mi la fingron kaj mezuri mian glukozon en la sango. Mi etendis al ĝi mian manon fideme kaj ĝi delikate enpikis per unu dento mian fingran ekstremaĵon. Rezultis: 30 mg %. La vampiro montris la mi la ciferon, kiu aperis sur ĝia iriso, kaj trankviligis min, dirante, ke ĝi alvokos la deĵorantan flegiston. Kiam mi vekiĝis, la deĵoranto staris apud mi, kaj li injektis glukozon en mian vejnon. Sen la delikateco de la vampiro, li krude informis: "Via glukozonivelo estis 39!" Preskaŭ kiel akuzo. Mi rigardis flanken, Iza rigardis la muron, kaj ŝi senĉese palpebrumis kaj spiregis, kaj susuris konfuzan preĝon. La deĵoranto foriris, Iza eksilentis kaj mi revenis al miaj pensoj. Mi volis reveni al la anfrakto por danki la ĝentilan vampiron.

* * *

Mokataĵo: celo de mokado, de la ago moki.

La 8-an de majo 20..

Mi vekiĝis en neklarigebla bonhumoro! Ĉi tio meritas krisignon, minimume. Ĝi estis sensonĝa nokto, tre ripoziga, kiel tiuj, dum kiuj oni iras malproksimen, plonĝinte en bluan koloron, ŝvebante. Mi venis apud la liton de Iza kaj – delonge tio ne okazis – mi volis kisi ŝin. Mi retenis la ridindan emon kaj profitis la humoron por ridi pri mi mem. Ŝi eĉ ne perceptis.

La panvendisto estas figuro, kiu kongruis kun mia senkaŭza ĝojo: ĉiam bruema, ridema, salutanta ĉiujn, loĝantojn kaj funkciulojn, per troaj esprimoj de simpatio. Kiam li envenas, kun sako da panoj surdorse (kalkulitaj panoj, po unu por ĉiu maljunulo, ne pli, ne malpli), mi ĉiam pensas: ´Kial li ridas?` Ne hodiaŭ, hodiaŭ mi pensis: li tute pravas ridi.

La panvendisto alvenas, kaj ofte, meze de la manĝejo, per akuta kaj skandala voĉo li rakontas stultan anekdoton. Neniu ridas, krom li mem, li patose ridegas, ĝis manko de spiro. Kelkaj duone ridas, pro lia rido mem. Hodiaŭ li envenis kaj anoncis, certa pri furoro:

- Ĉu vi scias, kial elektra aŭto ne prosperis en Portugalujo? Ĉar post 100-metra irado, ĝia elektra konektilo dekroĉiĝis...

Hodiaŭ ni kune ridis: li per sia kutima ridego, mi ĉe angulo de tablo, kaj mia ventro skuiĝis pro mia diskreta rido. Neniu alia ridis, sed ni havis, la panvendisto kaj mi, momenton de aŭtentika kunsperto. Kiam finiĝis la ŝerco, li alproksimiĝis, frapetis mian ŝultron, kaj diris, plena de kunsento:

- ... la konektilo dekroĉiĝis!...

* * *

Stako: Amaso da samformaj objektoj, metitaj unu sur la aliaj.

La 20-an de majo 20..

Vidu, Ludoviko kaj Gustavo, pasis la tago de patrinoj kaj neniu menciis ĝin. Miaflanke, mi eĉ ne atentis pri tio. Nun mi ekrememoras unu tian dimanĉon, en mia fora infana tempo, kiam mia patro devigis min donaci al mia patrino patosan manĝilaron. Mi bone memoras, tio estis bele aranĝitaj forkoj, tranĉiloj kaj kuleroj, ĉiu ero sur precizmezura kaveto tegita per mola veluro, ĉio pakita en eleganta skatolo el malhela, vernisita ligno, delikate fermita per gracia serureto el brilanta latuno. Mi bone memoras la gajan mienon de mia patro, kiam ni venis por transdoni la donacon. Mi bone memoras la koleran mienon de mia patrino, kiam ŝi ĝin ricevis, la koleran grimacon - preskaŭ malaman. Mi bone memoras la frazon, kiun ŝi elblekis, rigardante nin kaj preskaŭ jetegante sur sian edzon la ofendan skatolon: "Nur por tio mi taŭgas, por kuiri kaj lavi!..." Eble pro tio, miaj amikoj, mi pasigis mian tutan vivon en granda malfacileco, kiam mi devis donaci ion al tiuj malmultaj homoj, por kiuj mi sincere emis fari tion. Vi ne scias, kio estas tio, Ludoviko, Gustavo, vi neniam havis patrinon.

Poste mi eksciis, ke tiudimanĉa tumulto okazis pro la tago de patrinoj. Allogite de la voĉbruado, mi puŝis mian seĝon kaj kaŝrigardis la ĉambron de virinoj. Du maljunulinoj brave kriaĉadis, per akutasonaj paroloj, apenaŭ kompreneblaj. Ili insultis sin reciproke, jen la afero. Ili insultis fervore kaj vigle, kiel oni ne povus supozi, ke tio estus ebla, antaŭ kelkaj minutoj, ĉar tiuj du estas inter la plej apatiaj maljunulinoj en mondo plena de sentaŭgaj blankharuloj. Mi neniam antaŭe vidis ilin tiel viglaj, kaj mi eĉ pensis, ke bona kverelo, en ĉi tiu domo (ne tro ofte, kompreneble) ne malbonfarus al la sano de la maljunuloj. Tio certe estis efika pulma ekzerco, se oni konsideras la bruan manieron, kiel ili ofendis unu la alian. Kiel aldona praktika gimnastiko, unu el ili ĵetis pantoflon sur la vizaĝon de la alia; ĉar ĝi konsistis el tolaĵo, tial la agreso estis preskaŭ kareso, kiu kaŭzis ridon en la ĉeestantaro.

Ĉio okazis pro la tago de patrinoj. Unu maljuna virino ekmemoris pri tiu dato kaj komentis kun la litonajbarino, ke ŝia patrino nepre vizitos hodiaŭ. (Atentu, Ludoviko kaj Gustavo, ke la kompatindulino estas jam pli ol naŭdekjara!) La najbarino brue ridegis. Ĉi tio estis la fajrero, kaj tuj eksonis malbelaj fivortoj. Sekve, oni vidis, ke aliaj virinoj elektis sian partion, unuj defendis la demenculinon, aliaj aldonis sian ridon al la unua ridinto, laŭ diversaj gradoj de sensenco kaj frenezo. La virina ĉambro transformiĝis en filion de la purgatorio, festivalon de tohuvabohuo. Alvenis flegistinoj, oni disigis la kverelantinojn, la muĝado malintensiĝis kaj la kaverno revenis al sia normala stato. La sekvan tagon, multaj kompatindulinoj tute ne memoris pri la kriaĉado.

Iza nenion vidis, ŝi distriĝis per ĉifaĵoj el la littuko, kiu kovras ŝin. Ni estas ĉi-rilate privilegiitaj, ĉi tie; ni estas geedzoj de sesdek jaroj, kaj ni rajtas okupi ĉambron nur por ni. Ni estas maloftaĵo.

* * *

Spiti: montri al iu, ke oni plezuras, kontraŭstarante al lia/ŝia volo.

La 26-an de majo 20..

La administrantino de la kaverno venis al mi por interparolo. Ŝi diris, ke nia filo ne sendis la antaŭkonsentitan monsumon. Mi sentis, ke mia vizaĝo ekbrulas. Ŝi tion rimarkis, kaj diris, ke tio ne estas mia kulpo, ŝi nur volis lian telefonnumeron. Stultulino, ĉu ŝi ne devus havi lian telefonnumeron? Ĉu ne ŝi estas la administrantino? Krome, ĉu ŝi ne scias, ke la filo troviĝas en malbona financa situacio? Ĉu ŝi ne scias, kia estas la vivo en granda urbo, kun edzino kaj du idoj frekventantaj lernejon, kaj ke ĉio estas treege multekosta, nuntempe? Ŝi diras, ke mia ridinde eta pensio devus alveni por helpi en la elspezoj de la azilo. Sed ĉu ŝi ne komprenas, ke la filo vivas strikte? Mi silentis, mi klinis mian kapon malsupren. En antaŭa tempo mi estus koleriĝinta, nun mi silentas. Subite mi ekkonscias, ke mi jam ne bone memoras la fizionomion de miaj du genepoj. Mi scias nur, ke la knabo havas etajn nevusojn sur la vizaĝo; pri la knabino, eĉ ne tion. Mi vidis ŝin nur dufoje. Eble tio ne signifas demencon.

* * *

—20—

La 1-an de junio 20..

Ĉi tiu loko tamen havas ian valoron. Ĉi tie la tempo iras malrapide kaj kondukas onin observi pli atente la ĉirkaŭaĵon. En la ekstera mondo oni preterpasas kaj ne vidas; ĉi tie oni vidas kaj ne preterpasas. Ekzemple, mi neniam antaŭe observis paserojn, krom la tumulto, kiun ili faras en arboplena placo, je la sunsubiro. Ili estas sensignifaj birdetoj, vulgaraj, ne belkantaj, banale grizaj. Sed en ĉi tiu fora loko ili decidis alporti al mi ĝojon. Jene:

Je la matenmanĝo, kiam finiĝis la spektaklo de buŝoj, ili envenas la manĝejon en grupoj de po du aŭ tri, komence timemaj kaj hontemaj, poste aŭdacaj, baldaŭ impertinentaj, eĉ. Sed la impertinenteco de estuletoj tiel malfortikaj ofendas neniun. Ili bekadas, ĉarme, la panerojn sur la planko kaj sur la tablo, eĉ antaŭ ol ĉiuj homoj foriris. Mi kutimas resti, por rigardi ilin, amuze. Mi pensas, ke nenio minacas ilin, ĉar ni estas homoj, do same malfortikaj kiel ili, kaj ili malprecize intuicias, ke neniu el ni kapablus endanĝerigi ilin. Subita movo, iom laŭta parolo, kaj jen ili ekflugas, fuĝemaj. Hodiaŭ eta simpatia pasero tre alproksimiĝis al mia telero. Mi senmoviĝis, kontemplante ĝin, kaj ĝi, certa, ke tio estas statuo, kuraĝis beki la paneron, kiun mi lasis por facila atingo. Poste ĝi pafiĝis, tre kontenta. Ankaŭ mi estis kontenta; mi havis la kuriozan impreson, ke mi estis elektita, ke mi ricevis nekutiman distingon. Dum momenteto, mi pensis, ke la pasereto rigardis min per siaj malkvietaj okuletoj; mi ne scias, ĉu ĝi dankis min, ĉu ĝi kontrolis mian antaŭpreparitan senmovecon. Mia proksima kaj aŭdaca celo (ni vidos, pasereto, kiu estas la pli aŭdaca!) estos kuraĝigi ĝin preni paneron el sur mia manplato. Eble mi ridetis pro plezuro, ĉar mi tuj aŭdis la raŭkan voĉon de la naŭza viro, por kritikia min. "Porka ago, ke vi lasas la beston uzi vian teleron!..." Mi sentis, ke kolero kreskas en mi, kaj mi neniam eltenis fiofendon. "Porka ago estas

— 21 —

fumi ĉie kaj lasi fetoron!..." La viro grumblis per unu el siaj fivortoj kaj tuj sintenis por disputo. Mi turnis mian radseĝon kaj foriris, aŭdante liajn malbonodorajn parolaĉojn. Tia estas la vivo, tiel ĉiam okazas: alvenas ĝentila pasereto, sekvis rampanta vipero. Kio mi estas en tia scenejo?

* * *

Katekisto: kristana katekizisto.

La 7-an de junio 20..

Estas malvarme en la Suda Hemisfero. Matenoj estas nebulaj kaj pigraj, kaj la matena bano iom pli malagrabla ol kutime. Drozofiloj kaj paseroj ŝajne ne sentas tion. La ĵus pasintan nokton Iza plurfoje vokis nian nepinon per la nomo. Ŝi eĉ eldiris kelkajn frazojn kun rimarkinda klareco, kaj ŝi ne esprimas ion ajn de monatoj. Ŝi ŝajnis vigle babili kun la knabino, laŭdante ŝiajn korpsintenon kaj harojn. Mi perturbiĝis kaj parolis, ke ŝi silentu; ŝi obeis.

Posttagmeze, kiel ofte okazas, alvenis religiuloj por viziti kaj konsoli la maljunulojn. Ludoviko, helpu min, kiel mi devas nomi ilin? Ĉu kredantoj? Ankaŭ katolikoj kredas, ankaŭ spiritistoj, kaj la tuta multenombra legio de fidantoj. Ĉu evangeliistoj? Certe estas evangelianoj ĉiuj kristanoj de la diversaj sektoj, kiuj troviĝas en duono de la mondo. Ĉu protestantoj? Kie estas nun la protesto, kiu en Mezepoko skuis la Papan Eklezion? Post tiom da duboj, kara Gustavo, vi jam ne havas dubon pri tio, al kiuj mi aludas. Nu, ili alvenis, kun siaj paltoj ne tre harmoniantaj kun la pantalonoj, virinoj en siaj longaj jupoj kaj kun siaj longaj haroj, kun siaj eluzitaj biblioj sub la brako.

Malofte ili emas enveni en mian ĉambron, sed ĉi-foje mi mem iniciatis alvoki ilin. Ili alvenis kun kortuŝa ĝojo. Mi ĉiam forte impresiĝas de la simpla, neskuebla fido de tiuj homoj. Eble mi iel envias ilin. Mi petis preĝon, kaj ili ĝin sonigis per tiu tipa malmola petego, per abunda ŝprucado de ripetaj esprimoj, kun intensa tono kaj certeco pri sukceso. Mi klopodis forigi mian malnovan emon al kritikado, mi klopodis almenaŭ ne konsideri la stilon. Iza daŭre rigardis al la muro.

Mi havis celon. Kiam ili adiaŭis, mi metis koverton en la manon de negro, kiu ŝajne estris tiun etan grupon. Mi petis "pro karito", ke li ekspedu ĝin per la poŝto – tio estis nur letero al mia filo, kiu ne sendas sciigojn jam de multaj semajnoj, kaj mi petis foton de la genepoj. Nenio kompromita, vi povas esti trankvila: la koverto estas nefermita, por ke vi kontrolu la purecon de la peto. La viro konsentis; oni diras, ke kiam kredanto konsentas, tiam li kutimas plenumi. Mi supozas, ke la esprimo "pro karito" havis sian rolon, kaj mi estas esperplena.

* * *

Komatogena: estiganta komaton.

La 20-an de junio 20..

Mi vekiĝis en la urba hospitalo. Certe mi eniris komaton dum la nokto. La kruro min doloris kaj ŝajnis tre ŝvelinta, sed ĝi estis nur ruĝa kaj brila, kiel la alian fojon. Diabeto freneziĝis kaj oni alportis min. Serumo, injektoj, insulino, homoj ĝemantaj apude, malkomforto kaj precipe la foresto de Iza, de Ludoviko kaj de Gustavo. Kaj granda, miranda timo. Mi devus senti min pli sekura, sed kaptis min ia fantomeca infana timo, precipe dum la senfinaj, hantaj noktoj. Mi supozas, ke tio estis pro soleco.

Post nemultaj tagoj mi revenis en ĉi tiun kavernon, kie almenaŭ mi konas la kavon, kie ni troviĝas. Jen mi registris tiun incidenton. Trankviliĝu, Ludoviko, mi revenis. Iza eĉ ne perceptis, ke mi forestis.

* * *

Abulio: nenormala stato, konsistanta en manko de volpovo.

La 2-an de julio 20..

Torporo, stuporo, la vivo haltis, duondorme. Tagoj forpasadas blanke, noktoj nigre, pensoj vagadas kiel branĉeto en riverfluo. Nenia emo verki en ĉi tiun taglibron, pardonu min, Gustavo, ĝi malpleniĝis de la malmulta senco, kiun ĝi havis. Pri tio kulpas tiuj tagoj en la hospitalo, post la komato. Danke al Ludoviko, mi denove skribas, alvokite de ĉi tiu belsona vorteto: abulio. Benataj estu la vortoj, kiuj fiksas nin sur la grundon de la mondo.

* * *

Malpruda: volonte montranta sian emon al la seksaj aferoj.

La 3-an de julio 20..

Ĉi tiu estis eksterordinara nokto. Meze de la malvarma antaŭmatena horo, pro plena urinveziko, mi devis ellitiĝi, tute dormema, por ne malsekigi la liton. Mi klopodis konservi duonon de mia menso en dormado, por ne forperdi ĝin. La granda kvanto da urino tremigis min, dum mi plenumis la gimnastikon suriri la radseĝon. Iza ronketadis kaj mallaŭte murmuradis. Hundo bojis, malproksime. Mi kontentigis min, mi aŭdis ĝemojn. Ĉu iu mortas? jen la unua, logika penso, kiu venas en la kapon de maljunulo, en azilo de maljunuloj, en malvarma nokto. Mi iris al la koridoro, puŝante la radojn de la seĝo. En la fundo de la koridoro, la naŭzulo brakumis unu el la demencaj maljunulinoj. Ili reciproke sin palpadis kaj frotadis per mirinda viglo, ili mise kisis, ili senĝene ĝemadis, kiel surdaj maljunaj homoj, ne konsciantaj pri siaj propraj bruoj. Malordaj haroj, la vestoj estis mislokaj ili ŝajnis plenumi urĝan taskon. Malgraŭ la duonlumo, mi supozas, ke la naŭzulo min vidis, ĉar dum momento li ĉesigis siajn groteskajn movojn. Mi retroiris. Mi revenis en mian dormoĉambron. Iza same plu ronketadis. Nur post longa tempo mi sukcesis repreni mian dormon. Kiel rezistopova estas la vivo.

Hodiaŭ matene, post la matenmanĝo, la naŭza viro alproksimiĝis, apudigis sian seĝon al la mia kaj inter la dentoj gruntis:
– Se vi tion raportos al iu, vi pentos.

* * *

Misulo: tiu, kiu estas karakterizata de misaj agoj.

La 14-an de julio 20..

Kiam alvenas la kuracisto, unu fojon en ĉiu semajno, li ĉiam alvenas al mi por interparoli. Li nepre demandas pri diabeto, li levas la pantalonan randon kaj rigardas mian kruron. Poste li plenumas la ordinarajn kontrolojn de vivo (kia vivo?) kaj demandas, ĉu mia filo sendis informojn. Mi scias, ke li volas apogi min, sed per tio li nur rememorigas min pri la impertinentaĵo de la administrantino. Hodiaŭ li demandis, ĉu mi ŝatas legadon, ĉu mi volas libron. Mi respondis, ke mi pigras. Li gestis elreviĝe. Kion tio donus al mi? Mi povas peti novan vortaron, sed eble Ludoviko ĵaluzus, ĉu?

La naŭzulo konstante ĵetas al mi malamajn rigardojn. Mi aŭdis iajn kaŝajn interparolojn inter la flegistinoj, mi suspektas, ke ili malkovris liajn diboĉojn. Ili alvokis la administrantinon, mienoj peziĝis. Certe li pensas, ke mi denuncis lin.

* * *

Amaŭrozo: perdo de la vidkapablo, sen aŭ kun lezo en la okulo.

La 20-an de julio 20..

Posttagmeze, la flegistino invitis min interparoli, plena de melankolio en sia rigardo. Ŝi estas dika negrino kun brilaj, glataj vangoj, mola rigardo kaj voĉo de usona kantistino. Dolĉa persono, ŝi nomas nin "karaj", kiam ili transdonas al ni medikamentojn. Ŝia mano estas ronda, ŝia tuŝo, milda; ŝi malofte parolas pri si kaj foje ŝi ekhaltas, meze de la koridoro, rigardante la enirejon de la azilo, kie oni vidas pecon de la strato, kvazaŭ homo, kiu volas liberecon. Ŝi odoras je lavendo kaj elradias odoron de patrineco. Hodiaŭ ŝi renkontis min sola, en ĉambrangulo, kaj ŝi verŝis el sia koro. Ŝia amato mistraktis ŝin, ofendis, forsendis, pro banala kialo. Ŝi asertas, ke ŝi ne meritis tion, senkulpa kiel kristala larmo sur angulo de okulo. Mi kredas, ke jes. La viro estas ĵaluza, flegistinoj ĉiam estigas malicajn pensojn, kaj de malico al ĵaluzo, kiel oni scias, la distanco apenaŭ mezuras unu manlarĝon. Li ofendis, humiligis, mistraktis. Ĉu eventuale alia virino ĉeestas? Mi klopodis konsoli per la malvera konsolo, ke ĵaluzo estas ampruvo. Ŝi ne konvinkiĝis. Ampruvo estas la emo aŭskulti, ensorbi la aliulan spiron, la intimecon, la milda voĉo, la dolĉa ekscitiĝo, la suspiro, iom da doloro. Mi devis konsenti. Ŝia amato estas blinda ekde sia dudekjara aĝo, kaj li estas nun preskaŭ kvardekjara. Pro miszorgita glaŭkomo. Li loĝas kun malbonhumora fratino, kiu klopodadas fordoni lin al la flegistino kaj vivi trankvile. Tamen, la viro estas blinda, profunde blinda.

* * *

Inkubo: inkubsonĝo, premsonĝo, koŝmaro, sonĝo malagrabla,
estiganta angoron aŭ teruron.

La 1-an de aŭgusto 20..

Ĉu tio estis premsonĝo? ĉu deliro? ĉu malalta kvanto da glukozo en la sango? ĉu erizipelo? ĉu demenco?

Mi klare vidis, ke estas la tria horo, laŭ la ĉetabla horloĝo. Mi vekiĝis pro la grincado de la radseĝo, kiun mi bone konas. Ĝi alproksimiĝis al Iza, kiu kviete dormis, eksterordinare kviete.

Li metis sian manon sub la littukon kaj komencis promenigi ĝin sur ŝia korpo, naŭze spiregante. Iza vekiĝis kaj malfermegis la okulojn, tre timigita; sed ŝi ne moviĝis, apenaŭ tremis ŝiaj manoj. Dum momento, mi paraliziĝis, dum mi duonvidis, en la duonluma ĉambro, la abomenajn movojn sur la korpo de mia edzino. De tempo al tempo la viro turnis sian kapon al mi, por certiĝi, ke mi ne dormas. Mi klare vidis, kiam li malfacile provis stariĝi de sur la seĝo, alproksimigis sian vizaĝon al la vizaĝo de Iza kaj tuŝis ŝiajn lipojn per la langopinto. Ŝi skuiĝis. Mi tiam sukcesis transiri la torporon kaj mi ekkriis, mi raŭke ekkriis, ne tre laŭte, sed sufiĉe por tremigi la noktan aeron. La viro remetis sian misforman korpaĉon sur la seĝon kaj rapide trenis sin eksteren, sed dume li gruntis:

– Via edzino estas ankoraŭ kontentiga...

Kiam la noktogardanto envenis la ĉambron, la naŭzulo jam sidis malproksime. Mi spiregante rakontis tion, kio okazis. Li aŭdis kun dormema senpacienco kaj turnis la dorson, dirante:

– Tio estis nur premsonĝo, homo. Dormu, denove.

* * *

> Kejlo: Vorto aŭ vortgrupo senutila por la senco,
> sed aldonita nur pro la bezono de la rimo aŭ de ritmo.

La 2-an de aŭgusto 20..

Aŭguri. Prognozo. Turmalino. Fanero. Neantaŭvidebla. Envolvi. Simplanima. Simileco. Mi ĉiam opiniis, ke la ĉefa funkcio (malbela vorto!) de vortoj estas sonori, kvazaŭ tujaj melodioj, karesoj al la orelo, harmonio kaj surprizo: kapto, kripto, reptilio, ritmo, rublo, rompo, rudro. Poemo, kiu ne nepre havus sencon, nur sonadon kaj belon, estus la kvintesenco (bela! dankon, Ludoviko!) de poezio.

Matene, Ruth, la flegistino-kun-blinda-amato-ĵaluza venis en mian ĉambron kun sia bonkora rideto kaj diris:
– Ĉu premsonĝo ĉi-nokte, kara?
Mi tuj komprenis, ke estus vane argumenti: oni determinis, ke tio estis premsonĝo. Mi silentis. Deziri, ke vortoj, krom belaj, estu konvinkaj, jen tio estas tro granda postulo. La matenmanĝo estis malfacile englutebla, dum tiu abomena vizaĝo rigardis al mi, la blanka parto de okuloj malsupre, rikano cinika ĉe la malpura buŝangulo. Li nenion diris. Mi volis strangoli lin. Kurioza vorto: strangoli.

* * *

Antaŭsigno: signo, per kiu oni supozas aŭ divenas estontaĵon.

La 9-an de aŭgusto 20..

Iza ne fartas bone, mi konas ŝin, mi rekonas, kiam ŝia voĉo fariĝas pli akuta, kaj ŝi milde, infanece plendas. Tiu infana ploro maltrankviligas min. Post la senhontaĵo de tiu diabla viro ŝi iom post iom kadukiĝas, ŝia sensuka vizaĝo ŝrumpas, la tremado intensiĝis, la rigardo estas malpli luma. Ŝi malfacile englutas, ŝi apenaŭ moviĝas.
Kial mi devus zorgi pri tio? Ni ĉiuj baldaŭ mortos.
Strange, ke mi akceptas trankvile tiun severan determinon de la vivo – la morton. Kiel povus esti alie?
Fotoj de la genepoj ne alvenis. Alvenis ja la protestantoj, kun siaj emfazaj preĝoj. Mi nenion alian petis, sed ankaŭ ne

plu malfermis al ili la ĉambropordon. Eble mi devus; ili neniel kulpas, ili estas fratoj, kiel ili mem sin nomas. Fratoj en mistero kaj en sencomanko, fratoj en blindeco, ĝemeloj en la konfuziga arbaro, kie ni ĉiuj vagadas, sendirekte.

* * *

Klivi: fendi mineralon aŭ petron laŭ natura direkto de ĝiaj tavoloj.

La 17-an de aŭgusto 20..

Troviĝas en la groto virino, kiu neniam ellitiĝas, kvankam ŝi ne estas paralizita, nek blinda, nek demenca. Ŝi simple ne ellitiĝas. Se oni ne alportus al ŝi manĝaĵon, ŝi fastus; se oni ne purigus ŝin, ŝi fariĝus kloako; se oni ne parolus al ŝi, ŝi silentus. Ŝi restas preskaŭ la tutan tempon senmova, rigardante la lignan plafonon blanke farbitan. Ruth diras, ke ŝi kuŝas ĉi tie de pluraj jaroj, ŝi tiel iĝis kiam ŝian solan filon murdis drogaĉvendantoj. Kompatinda. Ŝi trovis efikan solvon kontraŭ la doloro pensi: plafonon blankan, neniam ŝanĝiĝantan, nevarian kaj neŭtralan, anestezie blankan. Tio estas la maniero, kiun ŝi trovis por ĉeesti apud la kompatinda junulo.

* * *

La 25-an de aŭgusto 20..

Malvarmo tion mildigas, sed la matena suno ankoraŭ estas
kareso. Mi kutimas haltigi mian seĝon ĉe angulo de la koridoro,
kien envenas suno, post la matenmanĝo, en maniero tre kon-
vena: mi plonĝas en la varmetan lumon dum dek kvin, dudek
minutoj, ĝis la Tero moviĝas kaj ŝanĝas la angulon. Tio estas
la preciza tempo, kiun la kuracisto al mi preskribis: dek kvin,
dudek minutojn da matena suno; sekvas ombro. Mia sola kruro
tre ŝatas tiujn lumbanojn.

Hodiaŭ, kiam mi direktis min al mia lumomantelo, mi vidis,
ke la naŭza homo okupis mian lokon. Mian lokon? Ĉi tie oni
posedas nenion, des malpli fiksan lokon en la koridoro. La diab-
lulo rigardis min de malproksime, kun triumfa, defia mieno.
Mi englutis la koleron kaj serĉis alian lokon, kien la suno venis,
eĉ se pli malforta, tra fenestrovitro, for de tiu rigardo. Flegistino
Ruth preterpasis kaj komentis, senatente:
– Ĉu vi translokiĝis, kara?

* * *

La 3-an de septembro 20..

Foje, sonĝi estas tre malbongusta kaprico, flanke de la homa
cerbo. Mi sonĝis, ke miaj genepoj estas japanaj infanoj, kun gla-
taj harvicoj, tre nigraj, super la okuloj. Ili ludis en ĉambro plena
de tabulludoj, kaj ili sekvis laŭvice serion de tiaj ludoj. Ili ludis

— 31 —

kun seriozaj mienoj, kvazaŭ ili decidus plej gravajn aferojn; ili longe pripensis antaŭ ĉiu ludmovo, aŭ antaŭ kubĵetoj. Mi post-sekvis kaj petis por kunludi, ankaŭ mi, sed ili ne respondis, ili plu senfine kaj koncentriĝe plu ludadis. Mi koleretiĝis pro tiu indiferento, kaj pro kolero mi puŝegis unu el la tabuloj, kaj la ludpecoj forfalis. La infanoj senreage rigardis tion, kaj kiam finiĝis mia histerio, unu el ili diris:

– Via movo estas malpermesata en la ludo. Vi estas forigita.

Mi vekiĝis ŝvitoplena, mi ne scias ĉu pro la songo, ĉu pro manko en glukozo en la sango.

* * *

Primavero: printempo (pli en figura senco
ol kalendare); freŝa, agrabla komenco.

La 10-an de septembro 20..

La aero estas jam pli malpeza, kaj mi subite ekmemoras, ke printempo alproksimiĝas. Iom da eta pluvo falas kaj la ĉielbluo videbla el ĉi tiu koridoro estas jam pli hela. Mi neniam celebris printempon, sed mi scias, ke en landoj kun severa klimato oni ĝin bonvenigas feste. Tamen, ne estus malbona ideo havi pot-eton kun violoj por donaco al Iza, kiu tre amas tiujn floretojn.

De longa tempo mi ne interŝanĝas unu vorton kun Iza. Hodiaŭ mi puŝis mian seĝon apud ŝian liton, matene, mi skuetis ŝin kaj demandis: "Iza, ĉu vi memoras vian kolekton de violoj?" Je mia surprizo, ŝi kuŝiĝis sur la lito, ridetis laŭ sia malnova maniero kaj faris etan prelegon: "Ĉu mi memoras? Ili estis miaj filinoj, kaj patrino ne forgesas siajn idojn. Troviĝis la blankaj, mi nomis ilin Laktaj; la rozkoloraj, mi nomis ilin Romantikaj; la bluaj, la Ĉielaj; kaj la aŭtentikaj, la Veraj. Mi longe babilis kun

— 32 —

ili, kaj ili respondis per lingvo el gutoj da rezino, kiuj aperis sur iliaj tigoj. Kie estas miaj filinoj, Karlo? Kie ili estas? Iru preni ilin, edzo!"

Ŝi finis sian neatenditan paroladon kun iom da angoro en la rigardo, ŝi kuŝiĝis, turnis sin al la muro kaj replonĝis en sian misteron. Printempo meritas feston, Gustavo.

Mi eliris el la ĉambro, pensante pri la violoj kaj alvenis al mi la malagrabla administrantino. "Via filo respondis al mia telefonalvoko, Karlo. Bonege! Li sendis brakumon al la gepatroj kaj diris, ke baldaŭ li venos ĉi tien."

Prefere mi ne nutru esperon. Mi iris, serĉe de miaj dek kvin minutoj da suno. Ili ne estas solidaj, sed pli konkretaj.

* * *

Necesbezono: manko de ĉio, kion postulas la fizika vivo.

La 16-an de septembro 20..

Oni diras, ke blinduloj aŭdas pli bone, pro fenomeno nomata kompenso de sentumoj. Tio sonas bele, sed en ĉi tiu kaverno eĉ biologiaj kompensoj inversiĝas. Johano, la blindulo, nun fariĝis senrimede surda. La flegistoj kaj la kuracisto krias apud lia orelo, li apenaŭ aŭdas ian foran stimulon, kies sola rezulto estas anksiigi lin. Li afliktiĝas, krias ne perceptante, ke li krias, groteske gestas kaj vokas iujn nekonatajn nomojn. Li plonĝis en silenton kaj en mallumon, kompatinda Johano. Mi memoras, ke unu tagon li diris al mi, dum sunbano, ke li perceptas nur ian flavon, ian malproksiman flavon...

Iom post iom li iĝos demenca, pro manko de kontakto kun la mondo. Li ankoraŭ disponas pri palpado kaj gustosento, sed la manĝaĵoj ĉi tie estas monotonaj kaj sengustaj, kaj la korpa kontakto limiĝas al momentoj de kruda bano kaj mezuroj de la sangopremo. Decidite: ĉiam, kiam tio estos ebla, mi manprenos lin kaj frapetos lian ŝultron. Li demandos: "Kiu?...", sed mi ne povos klarigi tion, ne gravas.

Feliĉe, ke mankas al mi nur unu kruro.

* * *

Koreco: el koro venanta bonvolo, afabla.

La 21-an de septembro 20..

Ludoviko kaj Gustavo, miaj bonaj amikoj, kiuj nutras min per vortoj, miaj bonaj kamaradoj: lasu min konfesi. Foje mi havas ekstreman deziron manĝi dolĉaĵon. Mi rememoras la kokosdolĉaĵojn, kiujn mia patrino kuiris, laŭ ĝusta mezuro de gusto, kiu neniam saturas. Antaŭ ol veni en ĉi tiun lokon, mi de tempo al tempo trovis manieron ŝteli iun dolĉaĵon kaj maĉi ĝin kun la plej alta ĝuo de malpermesata plezuro. Nuntempe restas nur la konsolo de krizoj de malalta kvanto de glukozo en la sango, kiam oni enŝovas en mian gorĝon ian sukerecan lakton, kiun mi eĉ ne ĝuas, ĉar la animo emas foriri el la korpo. Kiom da malpermesoj troviĝas en ĉi tiu mondo.

Kompense, hodiaŭ mi ricevis dolĉan viziton. Mia filo aperis, sen antaŭaverto. Li maljuniĝis, li estas laca, malbonhumora. Mi rigardis lin kun la tenero kiu koncernas min, eble malpli forta ol li atendis; mi ekzamenis lian iom rigidan sintenon, kiam li sin klinis super la liton de Iza por torda kiso. Iza ne komprenis. Lia voĉo estis hezita, li informis pri la infanoj sed ne alportis fotojn. Li plendis pri la troa laboro, pri la manko de mono, pri la troa vivrapido. Kun kurbaj ŝultroj, li sidis dum kelkaj minutoj sur seĝo, kiun la administrantino alportis, kaj kiam la temoj estingiĝis li silentis dum iom da tempo; lia rigardo afliktite vagis tra la ĉambro, dum mia rigardo kontemplis lin korece. Ankoraŭ nun mi sentas korecon. La vizito estis nelonga. Mi subskribis iujn paperojn, kiujn li alportis, mi kaptis la okazon por longe premi la manon de mia filo. Adiaŭoj estas ĉiam doloraj. Mi amas lin.

* * *

Bestio: sovaĝbesto; sovaĝinstinkta senbride perfortema homo.

La 28-an de septembro 20..

Hodiaŭ, en la bano, la flegisto konfesis al mi, ke li estas aidosa jam de kelkaj jaroj kaj ke li ŝatus ricevis pension pro tio. Li tion diris tute nature, kiel li informus la rezulton de futbalmatĉo. Mi demandis, ĉu li sentas ion, li respondis, ke nur la misefikojn de la medikamentoj. Mi demandis, ĉu la estraro de la groto scias pri tio; li ekmiris, konfirmis ke jes, kial ne? Kaj kial oni ne pensiigas vin? Ĉar miaj sangoekzamenoj liveras bonajn rezultojn, miaj antikorpoj bone zorgas pri mi kaj neniu entrudiĝema mikrobeto aŭdacos ĝeni min. Kaj ĉu aliaj homoj ĉi tie estas aidosaj? mi demandis, kaptinte la okazon, ke la homo malfermis sian koron. Jes: la naŭza viro.

Mi surpriziĝis. Ĉu mi povos celebri, malgraŭ la tuta krueleco de mia penso? Mi ne trovis plezuron en tia celebro. Mi emis fari pliajn demandojn: kiel li kontaĝiĝis, ĉu li scias pri sia malsano, kiaj estas liaj ekzamenoj. Sed mi detenis min, timante, ke la flegisto suspektos pri ia persona intereso miaflanke, koncerne la naŭzulon.

Kurioze, ke kiam la bano finiĝis, mi renkontis la viron sur lia seĝo, frato de mia seĝo, kaj unuafoje mi ne trovis cinikon aŭ malicon sur lia vizaĝo. Li ne rigardis min, ŝajnis ke lia penso estas for, eble mi perceptis sur li ian esprimon de doloro. Kiel ĉiam, li malbonodoris, sed ĉi-foje mi ne trovis lin abomena. Mi preskaŭ kompatis lin. La vivo estas ia abismo.

* * *

Ĝisi: diri "ĝis (la revido)!" al iu.

La 30-an de septembro 20..

Ili diros, ke tio okazis pro la vizito de mia filo, certe. Okazis nur, ke Iza ne bone dormis, tiun nokton, anksia, malkvieta, spireganta. Ŝi ĝemadis, kun malfermegitaj okuloj, kaj ŝi eldiradis disajn silabojn, kelkajn parolojn, iom da ploro, levante la kapon de sur la kapkuseno kaj fermante la pugnojn. Ŝia haŭto, kiel kutime seka kaj sulkoplena, hodiaŭ estis grasa kaj malseka. Mi vokis la flegiston, li alvenis malrapide, mezuris la sangopremon kaj la temperaturon, kaj konstatis, ke ŝi estas febra. "Forta gripo." Li perforte ŝovis kelkajn gutojn da kontraŭfebra medikamento en la buŝon de Iza, ŝi grimacis kaj elkraĉis duonon de tiu kvanto. Matene alvenis la kuracisto. Li aŭskultis, aŭskultis, kaj per serioza mieno skribis peton de enhospitaligo. Post unu horo alvenis ambulanco kaj du funkciuloj metis Izan sur metalan brankardon sur kiu etendiĝis makulita tuko. El la koridoro, kie la strato estas videbla, mi rigardis: ili metis ŝin en la aŭton kaj la pordo brue fermiĝis.

Neniu diris ion ajn al mi, neniu demandis ion ajn al mi. Tio estis bona, ĉar se mi povus, mi malpermesus la eliron de Iza. Mi scias, ke ŝi mortos en la hospitalo, kaj mi ne povos adiaŭi ŝin, sed la spektaklo de agonio, ĉi tie, en la kaverno, eble estus eĉ pli dolora ol perdo sen adiaŭo. Mi pensis demandi la administrantinon, ĉu ili sciigos nian filon, sed mi rezignis; tio nur maltrankviligus lin kaj aldonus tumulton kaj kulpon al la kompatinda knabo – li ne povus tuj alveni ĉi tien, tute ne.

Mi revenis en la ĉambron, rigardis la malplenan liton de mia edzino, la littukoj estis ankoraŭ senordaj. Mi ridis pri mia penso: mia edzino.

Kiam mi ekkonis ŝin, ŝi havis delikatan vizaĝon kaj infanecan voĉon, kaj mi memoras, ke mi enamiĝis al ŝi pro ŝia delikateco.

Kiam ni geedziĝis, mi supozis, ke mia persona malstabileco ne permesos, ke nia geedziĝo daŭru pli ol kelkajn jarojn; Iza, male, firme kredis pri eterna amo. Eble ŝi pravis, ankoraŭfoje.

Kiam nia filo naskiĝis, mi sentis pri Iza grandegan, perturban dankemon, pro bono, kiun mi ne povus redoni. Rigardi, kiam ŝi mamnutris la bebon ĉiam angorigis min. Mi neniam diris tion al ŝi.

Unu tagon ni preterpasis montrofenestron de butiko kaj Iza entuziasmiĝis pri flore kolora robo. Ĝi estis multekosta, sed mi aĉetis ĝin. La robo tamen estis tro strikta kaj ŝi, iom honte, neniam povis sin vesti per ĝi.

Plej granda ĉagreno estis kiam Iza, en malofta momento de kolero, montris mian libroŝrankon kaj diris: "Restu tie, kun viaj libroj!"

Subite, mi memoras promenadon per biciklo, ĉirkaŭ malhelakva lago borderita de hortensioj. Tio okazis en stacio de kuracaj akvoj, kiel oni kutimis, en antikva tempo, la aero estis malpeza kaj malvarma, kaj kiel forte ni amis unu la alian!

Nia ido kreskis kaj Iza estis tro rigora al li, postulante altajn poentojn en la lernejo kaj senriproĉan konduton. Mi preferis amuziĝi per la klarigoj, kiujn la knabo donis post ĉiu petolaĵo.

Dum la komencaj jaroj ni pasigadis sennombrajn horojn en babilado, dum la dimanĉaj vesperoj, dum sendormaj noktoj, kaj estis granda plezuro aŭskuti la simplajn, rektajn pensojn de tiu virino, kiu talentis per la manoj. Iom post iom niaj interparoloj maloftiĝis, la temoj disfluis, ĝis restis la manoj de Iza, la poeziaj manoj de Iza, kiuj neniam maljuniĝis.

Mi preskaŭ ĉiam forgesis la daton de nia geedziĝo, kaj tio ĉiam estis kialo por granda ĉagreno, al Iza. Ŝi atribuis fortan gravecon al datoj – eble ŝi pravis. Kian utilecon havus la kalendaro, krom fiksi datojn? Iza ĉiam posedis tian rektan saĝecon. Nenio plaĉis pli multe al ŝi ol eta, neatendita donaceto. Dum multaj jaroj mi zorge konservis tiujn etajn karesojn: mi elportis el la stratoj, du-trifoje en ĉiu monato poteton kun violoj, bombonon, malmultekostan arkon por fiksi la harojn, kafkruĉon, novan tondilon por la kudroskatolo. Estis plezuro vidi la infanecan brilon sur la okuloj de mia edzino.

Ĝis la tagfino, neniu informis ion ajn pri Iza en la hospitalo. Ĉu ŝi ankoraŭ vivas?

Mi enlitiĝis malfrue, kaj la ĉambro, kun tiu malplena lito, nun ŝajnas tro granda, vasta ombra kaverno. Kion mi sonĝos ĉi-nokte?

* * *

Stuporo: stato de konscioperdo.

La 1-an de oktobro 20..

Nenia informo. La sama matena bano, la sama kafo, la samaj dek kvin minutoj da suno. Je unua fojo mi malpaciencis pri la alveno de la administrantino. Ŝi alvenis, envenis en sian ĉambron kaj ne memoris pri mia ekzisto.

Benataj estu vi, Ludoviko, Gustavo kaj la vortoj, kiuj neniam neas kompanion kaj konsolon. Hodiaŭ unu maljunulino falis en la banĉambro kaj rompiĝis ŝia kruro. Denove alvenis la ambulanco, tiu sama malnova blanka knaranta tanko, malfermiĝis la sama malantaŭa pordo kaj tra ĝi eniris alia demenculo, kun rompita osto. Ĉu ŝi revenos? Min kaptas stato de stuporo, de malvigleco, de sensentemo, ia stranga sento, ke la mondo ekhaltis. Sen doloro, sen malkomforto, ĉio ĉirkaŭ mi kaj en mia menso forfluis en trankvila malrapido, ĝis restis nur grandega lakteca blanko, sen teksturo. Malaperis mia ĉambro, malaperis mia kruro, malaperis la flegistino enamiĝinta kaj la viro naŭza. Grandega paco sen plezuro, ia mirinda vasto, samtempe de mi konata, de longe konata. Ŝajnis, kvazaŭ mi revenus al antikva opaka nesto, kie ne ekzistas diferenco inter varmo kaj malvarmo. Tio daŭris kelkajn minutojn, ĝis ĉio iom post iom revenis, kun sia kutima melankolio. Mi rekonsciiĝis kiam la flegisto igis min engluti trian kuleron da laktodolĉaĵo. Saluton Ludoviko! Saluton, Gustavo!

* * *

Vakumetro: aparato, por mezuri la gradon de la vakuo en vazo.

La 2-an de oktobro 20..

Nenia informo. Mi ne vidis drozofilojn en la banejo. Pasero tre alproksimiĝ...

* * *

Rekviemo: latina preĝo, petanta ripozon por la mortintoj.

La 3-an de oktobro 20..

Tuj post la mantenmanĝo mia filo envenis la koridoron per malrapidaj paŝoj, la kapo malsuprenklinita. Ne necesis diri: ŝi mortis, mi diris antaŭe, por ŝpari al li la ĝenon. Ni silentis, li sidante sur la rando de la patrina lito, mi sur mia seĝo, kun mia ununura, ridinda kruro. Kruda bruego de motorciklo ronkis surstrate kaj baldaŭ formalaperis. Mi vidis, ke li estas laca, eble li ne dormis dum la nokto, lia haŭto seka, okuloj lacaj, la manoj pendantaj laŭlonge de la korpo. Mi diris: iru ripozi. Li tuŝetis min je la ŝultro kaj foriris. Li iris por ripozo.

Ili jam estis enterigintaj Izan en la antaŭa tago, je la vesperiĝo. Mi tion eksciis pro informo de la administrantino. Eble estis pli bone. Kiel mi povus akompani ĉion sur ĉi tiu malfacilmova seĝo?

Dio mia, kiom granda estas ĉi tiu dormoĉambro!

* * *

La 29-an de oktobro 20..

De kiom da tempo mi ne atentas pri vi, Gustavo. Pardonu min, mi pasigis longan tempon en torporo kaj malviglo. Ne estis malagrable. Nun mi bone komprenas, kial homoj iom post iom forperdas ideojn, laŭ la aĝofluado. Ili perdas sian funkcion. Por kio taŭgas ideoj, Ludoviko? Por kio taŭgas ideoj, Gustavo? Multe pli bone estas ne havi ideojn, nun mi scias, pro mia propra sperto. Multe pli bone plonĝi en laktecan nebulon kaj ŝvebi, ŝvebi sen pensoj. Kiu vivas, kiu mortis? Kia estis la temperaturo de la banakvo? Kiaj estis la mienoj de la flegisto kaj de la panisto, hieraŭ? Por kio taŭgas ĉion tion scii? Kion mi manĝis hieraŭ, dum la tagmanĝo? Ĉu efektive hodiaŭ estas la 29-a de oktobro? Se ĝi ne estas, kia diferenco? Hodiaŭ, unuafoje en mia vivo, mi pigris serĉi vorton en la vortaro. Por kio vortoj?

* * *

La 15-an de novembro 20..

Mi skribas pro nura kutimo, sed mi ne estas certa pri ĉi tiu dato. Mi estas certa pri nenio. Kaj plej agrable estas, ke unuafoje en mia vivo tia necerteco ne ĝenas min, tute ne. Mi nur scias, ke la maljunulino, kies kruro rompiĝis, okaze de la lasta alveno de ambulanco, vizitis min la ĵus pasintan nokton. Ni longe babilis, kaj mi eksciis, ke ŝi ŝatas laktodolĉaĵon el la ŝtato Minas Gerais, kaj kanzonojn de Ângela Maria. Ĉu vi memoras pri Ângela Maria? Kia voĉo! Kia interpreto! Ŝi diris ankaŭ, ke ŝia kruro ne tute resaniĝis, ke ŝi vizitis la plaĝon en la pasinta semajnfino, sed ne sukcesis ekvilibrigi sian korpon en la fluado de ondoj, eĉ en neprofunda loko. Ŝi diris, ke ŝi renkontis mian filon tie, kun liaj idoj. Ke li sendis al mi brakumon. Mi proponis al la maljunulino pokalon da vino kaj ŝi ĝue trinkis, ankaŭ mi. Ni tostis, sed mi ne memoras je kio. Simpatia maljunulineto. Iza certe trovus ŝin simpatia.

* * *

Decembro?

Ne gravas. Ankaŭ drozofiloj ne scias, en kiu monato ni troviĝas, kaj tio faras nenian diferencon. Mi memoras nur, ke la flegisto suferas de iu serioza sanproblemo, sed mi hontis demandi, ĉu li fartas pli bone. La flegistino estis malĝoja, hodiaŭ, ŝia mieno montris amelreviĝon. Certe ŝi enamiĝis al iu ekspluatanto. Ekzistas ĉi tie malagrabla viro, kiu ĉirkaŭiras laŭ la koridoroj sur alia radseĝo – kvankam li havas ambaŭ krurojn. Mi salutis lin, sed li grimacis kaj ne respondis. Strangulo.

Ili faris festeton, ĉi tie. Se mi bone komprenis, estas Kristnasko. Iu donacis al mi skatolon enhavantan tri kolorajn, tre bonodorajn tualetsapojn, pakitajn per kolora papero. Mi tuj venis por lavi mian vizaĝon kaj la parfumo plaĉis al mi. Poste mi dormetis kaj eksplodo de raketoj. Eble estas Nova Jaro, almenaŭ tion diris al mi la administrantino. Mia filo ŝatis eksplodigi raketojn en novjaraj noktoj. Iza timis, ke li brulvundiĝos kaj mi ridis, mi ridis pro ŝia timo.

Mi nepre devas registri ĉi tion: hodiaŭ, aŭdaca pasereto bekis panerojn sur mia malplato, ĉe la matenmanĝa tablo. Mi estis kontenta. Mi supozas, ke mi fariĝis nedanĝera homo.

Kia soifo. Kia soifo.

Iza, ĉu vi estas ĉi tie?

LA ŜIRMEJO

1

La taksio haltis antaŭ la granda fera pordego blanke farbita. Elaŭtiĝis eta, grizhara virineto, iom kurba, portanta sakon. La aŭto foriris, ŝi restis, kontemplante tiun longan pordegon instalitan sur relo, por ke ĝi povu gliti flanken. Super ĝi, iom senkoloriĝinta ŝildo: "Ŝirmejo por Maljunuloj – Religia Institucio". Ŝi sonigis la sonorilon, post iom longa tempo alvenis malrapida viro, kun senesprima mieno, kun la ŝlosilo.

- Mi havas intervjuon – ŝi diris.

Li montris proksiman ĉambreton kaj iris por alvoki iun. Sur la muro, foto montris grupon de maljunuloj, kelkaj sur radseĝoj, kelkaj ridetantaj. Ŝi kaptis la momenton por ekzameni la enirejon de la ŝirmejo. Interne de la blanka pordego vidiĝis speco de cementita strato, kun vico da mallarĝaj, nealtaj pordoj ambaŭflanke, kaj ĉiu pordo kondukis al io, kio ŝajnis dormoĉambro. Ĉiuj egalaj, almenaŭ se oni rigardis de ekstere.

Alvenis juna virino kun fiksa rideto, laŭte parolanta. Maljunuloj ĝenerale estas surdaj. Ili sidiĝis ĉe skribotablo, la junulino prenis slipon:

- Via kompleta nomo? Aĝo?

- Violeta. Violeta Leme. Okdek du – ŝi intence respondis per mallaŭta voĉo.

La junulino esprimis iom da miro.

- Gratulon, s-ino Violeta! Vi estas firma.

- Mi ne plendas.

2

(Se ci estus kun mi, nun, mi envenus brako en brako kun ci.
Rigardante la palbluan ĉielon.
Sen ci, mi vidas min nudpieda, miskombita, tremanta,
stumblanta. Ne sur cemento mi surpaŝas,
sed sur marĉo. Sed ci instruis al mi kuraĝon.)

Ĉi tiu estas la kvina maljunulejo, kiun mi serĉas. Eble la lasta. Mi estas sola en la mondo, mi ne edziniĝis (mi amis, sed ne edziniĝis), miaj gepatroj forpasis kiam mi estis tre juna. Mi apenaŭ memoras ilin. Mia ununura fratino ne konis viron, sekve ankaŭ nevon mi ne havas. La pasintan jaron, ankaŭ ŝi mortis, post kelkaj jaroj mense for de la mondo, de ĉio. Kiel oni kutime diras, ŝi ekripozis.

Mi ne estas for de la mondo. Mi rigardas ĉion, la homojn, la objektojn, kaj mi ne povas eviti ŝati aŭ ne ŝati. Oni diras, ke tio estas fikutimo. Mi laciĝis penante kompreni tian fikutimon, kaj de kelkaj jaroj mi jam ne rezistas: mi rigardas kaj konsideras. Mi ĉiam opiniis, ke rifuzi la rigardon estas pura ŝajnigo, malrespekto pri la ekzisto de la aĵoj. Eĉ se tio ĝenas.

Ekzemple, ĉi tiu ĉambro, kiun ili donis al mi. Ĝi estas deca, pura, ĝi havas konvenan grandecon por simpla maljunulino. La planko estas makulita, ruĝa. La murfarbo, flava, sed perdis parton de la koloro, sur misglatigita surfaco, ĝi donas impreson pri neglekto. Tuj post kiam mi envenis, mi forigis de sur la muro krudan bildon de kampara dometo, apud palmarbo, sub blua ĉielo. Imitaĉo de feliĉo, oni ne akceptu ŝajnigon. Sur unu angulo, eluzita komodo, kun kvar tirkestoj, en kiujn mi enmetis miajn personajn objektojn. La vitrofenestro, sen kurteno, ne facile glitas, kiam oni volas ĝin fermi. Nu, oni povas vivi ĉi tie. Ne la unuan fojon mi devos kundividi la necesejon kun aliaj maljunulinoj.

Ili permesis, ke mi restu sola en ĉi tiu ĉambro. La junulino, kiu intervjuis min volis loĝigi min kune kun alia virino, sed pri tio mi postulis. Mi restos nur, se mi loĝos sola en mia ĉambro. Ŝi mienis iom malŝate kaj preskaŭ rifuzis min. Tio ne okazis nur pro tio, ke ŝi rigardis mian salajrodokumenton. Mi ricevas pension de tri minimumaj salajroj, kio ŝajne estas malofta, ĉi tie. Mi ĉion lasos al la institucio, mi diris. Ĉi tio revenigis rideton al ŝiaj lipoj de socia asistanto. Mi laboris dum preskaŭ kvardek jaroj kiel oficistino en juĝdokumentejo. Mi kunvivis kun advokatoj, juĝistoj, prokuroroj, akuzitoj. Mi lernis paroli kun ili, preskaŭ kiel egala persono. Ili ŝatis min, mi supozas, ĉar mi ne hontis diri tion, kion mi pensis, en la limoj de mia simpleco. Mi neniam parolis nenecese, nek senpense. Tie, en mia oficejo, mi aŭdis multe da nenecesaj stultaĵoj. Tio tedis min, tiel ke kiam mi pensiiĝis, kun miaj tri salajroj, mi jam ne eltenis aŭdi multajn stultaĵojn. Kaj ĉi tio iom post iom fariĝis pli forta netoleremo, male ol tio, kion oni kutime diras. Pro tio, mi decidis. Mi restas nur, se mi loĝos sola en mia ĉambro. Homo povas perdi ĉion, escepte de la kompanio de si mem.

3

La flegistino Eli kutimis alveni akurate je la oka matene, negrino alta, impona, ŝi salutis per tro laŭta "bonan tagon" al ĉiuj. Senmakula blanka uniformo, ruĝa lipoŝminko. Ŝi trairis la tutan domon, poste envenis la flegistinan ĉambron kaj ekzorgis pri paperoj. Multaj paperoj. Dokumentoj bezonataj por havigo de medikamentoj kaj pansoj kaj vindaĵoj kaj nutrosuplementoj, kiujn la publika servo liveris. Kuracistaj receptoj sub kontrolo, kuracistaj atestoj pri pacientoj dependantaj de kompleta flegado, labortabeloj por la dungitaj laboristoj.

Teknikistoj pri flegado estis nur du, por prizorgi du dekojn da gemaljunuloj. Multaj el ĉi tiuj bezonis banojn, vindaĵojn, pansojn. Multe da laboro. Kaj meze de tio, multaj pugnobatoj, piedbatoj kaj fivortoj, kiujn kelkaj demenculoj praktikis regule. Malgraŭ tio, ili digne plenumis sian laboron. De tempo al tempo, iu medikamento enmiksiĝis erare, sed neniu mortis pro tio.

Doktoro Luko alvenis unufoje en ĉiu semajno kaj ekzamenis la maljunulojn, kiujn Eli prezentis. Unu tusis, alia falis el la lito, tria estis pli malkvieta ol kutime. La regulo estis: ĉe severaj malsanoj oni konduku la pacienton al la urba hospitalo, sen eĉ la bezono alvoki d-ron Luko. Ĉi tiu petis laboratoriajn ekzamenojn, skribis registrajn receptojn, kaj simile. Poste li iris en la domon, iom babilis kun maljunuloj, kiuj ŝatis ricevi atenton de la doktoro. Iuj maljunuloj ripetadis ĉiam la samajn plendojn, la samajn rakontojn, foje rakontis rememorojn pri perdita tempo. D-ro Luko aŭskultis kun toleremea rideto. Se iu mortis, oni vokis lin por subskribi la mortodokumenton. Kaj male ol tio, kion oni povus supozi, li tion faris kun ia melankolio en siaj movoj, kaj li neniam sukcesis eviti frazon aŭditan en la funebra ceremonio de unu lia onklo, antaŭ multaj jaroj: "Povus estis tute alie..."

4

Ĉiam same. Plej malfacile estas transpasi la unuajn tridek tagojn. Poste la maljunulo akomodiĝadas, kiel erinaco en sia kaŝejo. Tiurilate, sperto helpas, nome ili estas kvar longaj, sinuaj semajnoj.

Mi venkas brave. Dum la unuaj tagoj, la defio estas ne timi antaŭ la vizaĝaĉoj, kiuj subite aperas en la ĉambro, en plej diversaj momentoj. Pro sekureco, la ĉambroj ne havas pordojn, nur pasejojn kun kurteno el malpeza, preskaŭ senkolora sateneto. La vizaĝoj ekaperas, flankenpuŝinte la tolaĵon. Ili observas la lokon, la maljunulinon, kiu sidas en ĝi, novan vizaĝon, kia ŝi estas? Ĉu simpatia? Ĉu amikema? Ĉu fiera, sola loĝantino en la ĉambro? Ĉu ŝi afektas riĉecon? Iuj rigardas el la pordo, aliaj envenas, ĉion rigardas de proksime, foje ili grumblas, kaj fine foriras.

Mi jam lernis (pene, mi diras), ke ne konvenas malfermi facilan rideton al tiuj ne invititaj vizitantoj. Tio estus la samo, kiel diri: envenu, envenu, prenu miajn objektojn, laŭvole, la domo estas via... Kaj mi ne menciu la paroladojn, kiujn ili alportas; ĉiu rakontas eterne la samajn okazaĵojn de antaŭ duono de jarcento, laŭ turmenta ripetado. Ne, mi ne ridetu.

Tamen, ankaŭ ne estas konvene mieni malsimpatie, agi krude, rifuzi ilin pro principo. Ĉi tio eble alportos malamikecon, malamon, perforton. Mi bone regas la mezan vojon: mi redonas stultan rigardon kontraŭ stulta rigardo, mi fikse rigardas defronte, kun la ebla sereneco, unu minuton mi ne palpebrumas, se la entrudulo ne foriras, la proksima etapo estas ekstari, ĉiam kun senŝanĝa serioza mieno. Se ankaŭ tio ne efikas, la tria rimedo estas diri per dolĉa sed firma voĉo:

– Kio? Ĉu vi deziras ion?

Plej malfacile estas, kiam tio okazas meze de la nokto, meze de trankvila songo. Mi ne sukcesas subpremi ektimon; mi apenaŭ sukcesas reteni sakron, kiu tuj venas al mia buŝo. Stultaj homoj.

Krome, mi ne povas ne aludi al noktaj moskitoj, ĉar mi parolas pri ĝenaj vizitoj. Kontraŭ tiuj, mi jam elvolvis lertan, efikan defendon. Mi ĉiam portas kun mi, inter miaj tolaĵoj, etan tukon el gazo. Kiam ili alvenas, ili trovas min kiel mortintan virgulinon, kovritan per neĝa blanko de la kapo ĝis la piedoj. Estas eĉ amuze vidi ilian baraktadon, ĉar ili ne komprenas tiun grandegan gazaĵon sur tuta korpo.

En la unua nokto, kiam la flegteknikistino venis por vidi min, ankaŭ ŝi ektimis, ankaŭ ŝi. Ŝi zorge kontrolis, ĉu mi ja spiras.

Domaĝe, ke gazaĵo ne evitas homojn.

> *(Dum ĉi tiuj longaj noktoj mi rememoras cin.*
> *Preskaŭ doloraj, sed ci ne permesus, ke mi*
> *sentu doloron. Ci instruis al mi la dolĉan*
> *manieron esti stoika.)*

5

La manĝoĉambro havis aspekton de freŝe farita reformo. Bela. Kaheloj ĝis la plafono, hela planko, longaj tabloj por po ses personoj. Evidenta intenco faciligi kunvivadon, dum la manĝoj. Truo en muro, kun eta marmora breto estis la vojo, tra kiu teleroj jam preparitaj venis el la kuirejo, situanta apude. La odoro de manĝaĵoj plenigis la atmosferon, dum ĉiu manĝo.

Matenmanĝo je la 8-a, tagmanĝo je la 11-a, vespermanĝo je la 17-a, teo antaŭ la enlitiĝo, je la 20-a horo. Kiu ne povis veni ĝis la manĝoĉambro, tiu akceptis sian teleron en la lito, kaj pro tio la manĝo estis malvarma. Plastaj teleroj, plastaj manĝiloj, plastaj glasoj: pro sekureco.

Ĉe unu angulo de la manĝoĉambro troviĝis eta niĉo, kie staris Sankta Benedikto. Apude, ŝildo kun krudaj literoj: "... nia ĉiutaga pano..."

En la praktiko, oni manĝis preskaŭ ĉiam en silento. Ne pro la gusto, sed pro la bezono. Ne malbona estis la manĝo, nek bona. Ili manĝis kaj foriris, kun rigidaj mienoj. Neniu plendis. Neniu iam ajn laŭdis. Oni englutis.

Apud la manĝoĉambro troviĝis malnova tollavejo, kie loĝis Lourdes, la lavmaŝino. Ĉi tiu estis la nomo de antikva maŝinaĉo el iom rustiĝinta metalo, kun granda, minaca helico, kiun oni povis vidi en granda, fronta truo, tra kiu oni enmetis la malpurajn vestojn. Kiam ŝaltita, Lourdes eligis raŭkan, ondecan, monotonan ĝemadon. Onidire Lourdes ploradis.

6

(Iam kaj iam ci vekiĝis en malfrua nokto, pro premsonĝo.
Poste ci ridetis per la plej mistera rideto.
Ci montris al mi la timon, tiun obskuran sonon
en la animo. De tiu tempo, mi scias la timon.)

– Violeta!... Violeta!...
En songô, voĉo susura venis el fora dimensio. Ĝi ŝajnis sireno
vokanta al la marfundo. Ĝi plu vokis, ripetante alvokon, kiu iom post
iom fariĝis premsonĝo el tio, kio komence estis nur strangaĵo. Pro ĝi
mi eksaltis kaj vekiĝis terurita.
– Violeta!...
Mi rigardis al la tukopordo kaj ekvidis grizan vizaĝon kun malfer-
megitaj okuloj, min vokantan per fantomeca voĉo.
– Violeta!...
Mi rigardis la horloĝon, estis la 4-a matene. Mi ekkoleris, sed mi
retenis min. Mi jam lernis nereagi, krom en ekstremaj situacioj. Ne
bone efikas, kaŭzas malamon kaj plej strangajn reagojn, retroe.
– Kion vi volas, Antonia?
– Nenion gravan. Mi nur volas scii, kioma horo estas.
– La kvara.
Antonio palpebrumis plurfoje, videble ĝenita pro tiu informo.
Poste ŝi foriris el la pordoarko, el kie ŝi ripete vokis min, miksante
mian bonan songôn al malbona realaĵo. Restis la pordotolaĵo malpeze
balanciĝanta.
Antonia estas unu el la plej strangaj maljunulinoj en ĉi tiu ŝir-
mejo. mi jam konstatis tion, ekde la unuaj tagoj. Hararo falanta sur la
ŝultroj, malrapida, kurba irado, malfreŝa vizaĝo soifanta iom da suno.
Ŝi preskaŭ ne movas siajn manojn, la korpo tute rigida, malmultaj
gestoj. Rigardo ĉiam fiksa, kvazaŭ ŝi serĉus ion malproksiman. Sen-
esprima. Ŝi ne aspektas malĝoja, ne aspektas laca, ne ŝajnas interesita
pri io ajn. La sola demando, kiun ŝi faras, je kiu ajn momento en la

tago, estas: "Kioma horo estas?" Poste ŝi palpebrumas plurfoje, iom
ĝenita.

Unu fojon, en la unuaj tagoj kiam mi loĝis ĉi tie, mi klopodis babili kun ŝi. La afero ne prosperis. Respondoj estis unusilabaj, la rigardo ĉiam direktita trans la muron, eksteren. Antonia interesiĝas nur pri Lourdes, la lavmaŝino. Ĉiutage ŝi venas ĝis la koridoro de la tollavejo, kaj tie ŝi restas, kontemplante la laboron de tollavado, kun duone malfermita buŝo, ŝajne pro miro. Kiam Lourdes ĝemigas sian penan korpon, Antonia aspektas iomete tremanta. Eble tio estas nur mia impreso.

Se ŝi denove timigos min en malfrua nokto, tiam mi devos pensi pri iu solvo.

Eble donaci al ŝi horloĝon.

7

En la malantaŭa parto de la longa tereno de la ŝirmejo troviĝis la kapelo. Flavaj muroj, interne kaj ekstere. La enirejo estis larĝa, vitra pordo, kiu malfermiĝis kutime nur je dimanĉoj kaj merkredoj, ĉiam je la 18-a horo. Alvenis al la meso homoj el la tuta kvartalo, sed ili ne estis multaj, preskaŭ ĉiam. La pastro, ankaŭ li estis altaĝa, kun malĝoja mieno, komencis sian predikon nepre per la samaj vortoj: "La preĝejoj estas pli kaj pli malplenaj. Kien iras la homaro?"

Preskaŭ nudaj muroj, ornamitaj per malmultaj statuoj. La altaro estis glata, transversa tabulo, sur kiu oni etendis blankan tukon. Du kandelojn oni bruligis, en la fundo. La benkoj el ligno havis lokon por po tri fideluloj. Oni ne aŭdis eĥojn, ĉar la plafono estis multe pli alta ol tiu de ordinara domo.

Antaŭ kelkaj jaroj, iuj internuloj petis, ke la kapelo malfermiĝu por individuaj, solecaj preĝoj. Tiel oni povus ĉeesti Dion dum momentoj, kiam ajn oni volus. La estraro neis, pretekstante financajn malfacilaĵojn por konservi la templon pura, se oni ofte envenus ĝin. La maljunuloj ne insistis, ĉar estus vane. Cetere, oni povas ĉeesti Dion ie ajn.

Ĉiun krepuskon, kelkaj birdoj staris sur la fera, iom rusta kruco, kiu staris sur la kapelo.

Je bona ŝanco, oni povis vidi paron da papagetoj, kiuj adiaŭis la tagon per iom da bruo. Ordinare, ĉi tiuj birdoj bruas. Ili ne konscias, ke tie troviĝas kapelo.

8

Laŭlonge de la muro, kiu staras ĉe unu flanko de la tereno de la ŝirmejo, troviĝas longa strio el tera grundo, ĉirkaŭ kvardek centimetrojn larĝa. Longa bedo. Hodiaŭ mi rigardis ĝin kaj vidis, ke tie povus kreski floroj. Almenaŭ etaj floroj, kiel violoj. Mi decidis planti. Mi palpis la grundon, ĝi estas seka. Sed post flego, ĝi viviĝos. Mi mendis etan ŝpaton kaj sitelon. Poste mi mendos semojn. Dum mi okupiĝis pri la bedo, mi ekmemoris pri Muta. Mi havis amikon, en mia iama laborejo, kiu diradis, ke ĉio, kion oni pensas, rezultas de asociado de ideoj. Mi pensis pri floroj, mi pensis pri Muta. Ŝi estas ridetema virino. Ŝi ne estas unu el la plej maljunaj, ŝi havas iom stultetan mienon, kaj ŝi ne parolas. Ŝi ridetas, ŝajne senkaŭze. Kiam oni alvokas ŝin al la manĝo, ŝi ekiras rapidege kaj preskaŭ ĉiam ŝi estas la unua, kiu sidiĝas ĉe la tablo. Do, ŝi bone aŭdas.

Mi demandis al Eli; ŝi diris, ke la mutulino scipovas paroli, nur ne emas. Se iu persono parolas al ŝi, ŝi rigardas la plankon, honte. Pro ŝia stranga aspekto, neniu alproksimiĝas, neniu parolas al ŝi.

Antaŭ kelkaj tagoj, mi proponis al ŝi ĉokoladan briketon. Mi supozas, ke ŝia rigardo signifis miron. Ŝi prenis la ĉokoladon, ĉiam tre rapide, kaj voris ĝin dum sekundoj.

– Ĉu vi ne diros al mi "dankon"?

Ŝi rigardis la plankon kaj mi duonaŭdis:
- "... nkon".
- Nedankinde, Muta, Nedankinde. Kiam mi havos pli da ĉokolado, mi alportos al vi unu plian.

Kiam mi foriris, mi vidis, ke Rubem estis observanta nin. Rubem ne forlasas sian radseĝon, kvankam li ĉiam laŭte diras, por ke ĉiuj aŭdu, ke tio montras lian pigrecon. Li povus piediri, sed li ne emas. Ŝajne, ĉi tie ĉiuj perdas multajn emojn.

Iel ajn, mi trovis stranga la fiksan rigardon de Rubem al Muta, dum mi klopodis paroli al ŝi. Rubem aspektas iom fia. Ĉu maljuna, pigra, sen-ema viro sur radseĝo sukcesas agi fie?

Muta revenis al sia silento, mi revenis al mia florbedo. Mi devas malsekigi la grundon. Nenio bone funkcias se estas tro da sekeco.

9

En la malantaŭa parto de la tereno de la ŝirmejo, flanke kaj post la kapelo, estis terpeco, kie kreskis herbaĉoj, postvivis sterila bananujo kaj kuŝis iom da rubaĵo. Ia forgesita loko. Malalta ĉambreto duonruina, apogita al la muro, kompletigis la senvivan scenejon.

Kiam oni akceptis Rocha kiel novan loĝanton, oni donis al li izolitan ĉambron, proksime al la terena fundo. En la sama tago, kiam li alvenis, kun posedaĵoj, kiuj apenaŭ plenigis aĉetsakon, antaŭ ol malfermi la pordon kaj okupi la lokon en sia nova loĝejo, li ĵetis rigardon al tiu forgesita loko. Kaj malpeza tristo, kiu kondukis lin, cedis al ekflagro. Tiu loko estis destinita al li.

Rocha estis forta, atleteca negro, kun pura, klarmensa rigardo. Liaj okdek jaroj ne malhelpis, ke li pedalu sian biciklon por vendi laktodolĉaĵojn tra la urbo kaj gajni iom da mono. Ankaŭ ne por esprimi siajn ideojn. Dum sia tuta vivo li estis manlaboristo, li spertiĝis pri la kamparo, pri fabriko, pri melkado, pri dompurigado, pri paŝtado, pri kuirado kaj ĉio ajn, kio donus al li la ĉiutagan panon. Sed li neniam forlasis la konstruadon de propra, persona kosmogonio. Al tiuj, kiuj vizitis lin, li serene klarigis, trankvile kaj konvinkite, ke Dio ne troviĝas apude, en la kapelo, sed en la naturo: en la suno, en la grundo, en la aero, en la plantoj, en la akvo. Kaj laŭdi lin estas laŭdi kaj respekti la naturon kaj la estaĵojn en ĝi vivantajn.

Li tuj komencis plantadon de legomoj en tiu grundo ĝis tiam forgesita. Li diradis, ke li petas pardonon al la tero, antaŭ ol fosi ĝin, antaŭ ol vundi ĝin kaj ĵeti semojn. Li forbalais la rubaĵon, elprenis je la radiko la bananujon kaj la herbaĉojn. Li miksis la teron, babilante kun ĝi per nekompreneblaj murmuroj. Li konstruis rektajn, bone desegnitajn bedojn, kaj baldaŭ kreskis laŭvice helaj brasikoj, laktukoj, spicherboj, karotoj, betoj kaj tomatoj, kolore kaj odore. Estis plezuro rigardi tion. La legomĝardeno de Rocha transformiĝis en vizitindan lokon, ian turisman allogaĵon, en la ŝirmejo. Post la oftaj laŭdoj, li ĉiam respondis:

– Ne mi faris. Tio estas la naturo...

10

(Mi sentas cin ĉi tie, sur mia haŭto, en mia spirado. Cia likvora buŝodoro, ciaj manoj kiuj scipovis forviŝi mian ŝviton, densigi mian salivon.)

Izabel kuŝas la tutan tagon. Ŝi eliras el la lito nur por la bano, manĝoj, necesoj. Ŝi restadas tie, kun la okuloj fiksitaj sur la plafono, preskaŭ senmova. Kiam oni alportas al ŝi medikamentojn, ŝi englutas la pilolojn aŭtomate. Se on demandas, ŝi respondas per unusilabaĵoj. Ŝia haŭto estas malfreŝa, tre pala kaj maldika, sulkoplena kaj mola.

Mi jam preterpasis ŝian ĉambron plurfoje, kaj mi neniam renkontis ŝin en alia pozicio. Foje ŝi dormetas.

Hodiaŭ mi eniris kaj diris al ŝi bonan tagon. Ŝia rigardo serĉis min, sed neniu alia movo de la korpo estis perceptebla. Ŝi ne respondis.

– Ĉu vi volas, ke mi alportu iom da akvo?

Ŝi iom malfermis la okulojn kaj mi konjektis en ili ian miron. Ŝi apenaŭ movis sian kapon al mi. Ŝia spirado fariĝis iom pli profunda.

– Akvon?

Ŝia voĉo sonetis akuta kaj trema, kvazaŭ ĝi elvenus el tre malproksime.

– Ĉu vi volas akvon?

Pasis kelkaj sekundoj.

– Mi akceptas...

Mi iris por preni akvon. La kuiristino demandis, por kiu. Ŝi miris.

Kiam mi revenis kun la glaso, Izabel estis sidanta borde de la lito, kurba kaj mola kiel malnova ĉifono. Ŝi trinkis per etaj glutoj. Kiam ŝi finis, desegniĝis sur la tre maldikaj lipoj plej malforta rideto.

– Dankon.

– Ĉu mi rajtas alporti pli da akvo, iam kaj iam?

Ŝi rekuŝiĝis kaj la okuloj retrovis sian vivejon sur iu plafona punkto.

– Vi rajtas. Sed mi ne scias, ĉu tio valoras la penon.

Mi foriris el la ĉambro, pensante: ĉiuj homoj havas historion. Eĉ Izabel. Mi opinias tiun misteron instiga.

11

Ĝenerale, maljunaj homoj ne amas sin bani. Sed en la ŝirmejo, krome, la duŝiloj ofte ne eligis varman akvon, sed la rutino de banoj ne ŝanĝiĝis. Malvarmaj banoj, frumatene (la laboro devis komenciĝi frue, por ke la malmultaj laboristinoj povu plenumi ĉiujn banojn ĝis la matenmanĝa horo), kaŭzis tiam malĝojan bruadon el ĝemoj. Sed vane oni plendis. Ĝis la riparo de la duŝiloj pasis kelkaj tagoj.

La junaj flegistinoj, for de la kontrola rigardo de Eli, ridis, iom honte, kiam la malvarma akvo frapis tiujn kurbajn, molajn, ĉifitajn, sulkoplenajn dorsojn.

Iuj maljunuloj elkriis sakrojn, kaj tio pliigis la ridojn. Aliaj ploris silente.

Sed necesis baniĝi ĉiutage. Tion starigis la regularo. Maljunuloj ne tre amas baniĝon.

12

Mi vekiĝis pro la bruo de Lourdes, la lavmaŝino, kiu hodiaŭ estis aparte skandala. Mi matenmanĝis kaj venis por rigardi. Tie ĝi staris, skuiĝanta kiel epilepsiulo, ŝaŭmanta kiel epilepsiulo, ĝemanta kiel epilepsiulo. Tra la antaŭa truo oni povis vidi la tolaĵojn rondirantajn, interne. La planko tremetis.

Kelkajn metrojn for de tie, Antonia staris kaj akompanis tiun bruan dancadon. Mi alproksimiĝis al ŝi kaj ni ambaŭ longe kontemplis la spektaklon. Antonia estis fascinita, kun tre malfermitaj okuloj, fiksitaj sur la maŝintruo. La bruo kaj la movado ŝajne ravis ŝin.

Antonia estas stranga virino. Ŝi iradas en la ŝirmejo, ŝajne ĉiam laŭ la samaj itineroj, kiujn ŝi precize ripetadas. Mi jam rimarkis tion. Ŝi eliras el sia ĉambro al la ĉefa placeto, ŝi faras regulajn paŝojn ĝis la enireja pordego, ŝi tuŝas la kradon, ĉiam per la pinto de la fingroj de la maldekstra mano, ŝi turnas sin kaj revenas laŭ la interna koridoro, kiu paralelas la bedon, laŭ la muro. Tiuj samaj precizaj paŝoj kondukas ŝin revene al la ĉambro, el kie ŝi eliros por denova, egala vojo, post iom da tempo. Foje mi rimarkas, ke ŝi ion murmuras. Ŝi havas du kompletojn el jupo kaj bluzo, kiuj alternas nevarie sur ŝia longa, pintoplena korpo. Sub la jupo aperas senkarnaj piedoj, kun makulita haŭto kaj kun la piedpintoj turnitaj internen, kvazaŭ ŝia irado estus ĉiam hezita kaj peniga.

Mi lasis Antonian kun ŝia amikino Lourdes kaj mi iris al la kuracisto. Eli vokis min tien. Tio estis mia unua konsulto, la doktoro volis ekkoni min. Li estis simpatia, faris la samajn demandojn kiel ĉiu kuracisto (diabeto? alta sangpremo? kormalsano? pulmomalsano? alergio?). Mi respondis. Fine de la demandaro, je mia surprizo, li demandis:

– Ĉu vi amas legadon?

– Jes... sed ĉi tie ni ne havas bibliotekon. Eble pro tio, ke ĝi ne estus utila.

– Ĉu vi ŝatus, se mi alportus al vi libron?

– Ho, certe jes! Tio estus granda ĝojo! Kvankam miaj okuloj jam ne estas tre kompetentaj, mi supozas, ke mi ankoraŭ sukcesas legi.

– Ĉu vi emas elekti vian libron?

– Preferinde, se vi mem elektus. Ĉar vi estis sagaca diveni, ke mi estas legemulino, jen la defio: divenu nun libron, kiu plaĉos al mi...

La doktoro kontente ridetis.

– Konsentite. Flegistino, ni serĉu por s-ino Violeta oftalmologiistan konsulton.

Finiĝis la konsulto. Mi adiaŭis kaj iris, por rigardi miajn florbedojn.

13

Institucioj kaj homoj, kiam ili dependas de aliula karitatemo, vivas konstante en necesbezonoj. La ekstera socio ŝajne ne vidas ilin. Tiel vivadis la ŝirmejo, ekde sia fondiĝo, antaŭ preskaŭ unu jarcento. Kvazaŭ ĝi postvivus pro la forto de sia historio, de sia heroa altaĝo. La manĝoj estis strikte kalkulitaj; la medikamentoj, la plej malmultekostaj; la laboro, se ĝi ne estis volontula, estis malbone pagata. La religia frataro brave subtenis la tutan strukturon, por ke ĝi ne ruiniĝu. Oni ŝparis lumon, gason, salajrojn, purig-produktojn – kaj tamen, dum tutaj tiuj longaj jaroj oni konservis staton de minimuma digno, sub kiu karitato transformiĝus en neglekton. Tiel, la flegistoj estis malmultaj: du junulinoj dum la tago kaj unu nokte, por prizorgi preskaŭ tridek internulojn. Eli, la ĉefflegistino, klopodadis por ĉion funkciigi, kvankam ŝi konsciis, ke ŝi laboras sub la nivelo postulata de la Ŝtata Konsilantaro pri Flegarto. Ili ĉiuj laboris kun certa grado de malkontenteco, sed ili penadis kiel eble plej kontentige labori, parte pro tio, ke ili ensorbis la spiriton de la religia institucio, parte pro la malfacileco trovi laboron pli bonan ekstere (se ili demisius), parte pro simpla alkutimiĝo. Iel ajn, ili flegis laŭ akceptinda maniero tiun hordon de malĝojaj maljunuloj, foje agresemaj, malbonhumoraj kaj amaraj pro la alproksimiĝo de la morto.

De tempo al tempo, oni organizis sociajn eventojn por gajni iom da mono, krom la monataj donacoj, kiujn ili kolektis de homoj en la urbo. Ankaŭ la urbodomo helpis, sed per minimuma kvanto. Tiuj eventoj povus esti tomboloj, "supo-vesperoj", etaj foiroj, etaj ekspozicioj de manfaritaĵoj. En tiuj okazoj, vizitantoj estis invititaj kaj kontribuis aĉetante bileton por kunvenoj en la ŝirmejo mem, por lunĉi, trinki supon aŭ por havigi al si modestajn objektojn mane faritajn. Foje, iu kantisto, el la kvartalo, kun sia gitaro vigligis la feston.

La organizitajn eventojn la maljunuloj mem, kiuj loĝis en la ŝirmejo, ne partoprenis, por ne ĝeni la vizitantojn kun siaj eventualaj malkonvenaj kondutoj.

14

(Bonvolu diri, kie ci estas.
Ĉe kia horizonto. En kiu varma vento, en ĉi tiu
fremda loko. Sen ci, mi estas fremdulo, ĉi tie.
Fremda, kien ajn oni lokos min.)

Plej maljuna inter ni estas Ramiro. Preskaŭ centjara. Sed pri tiuj homoj oni ne scias precize, kiomjaraj ili estas. En pasinta tempo, multaj infanoj estis registritaj nur kelkajn jarojn post la naskiĝo, tiel ke la dokumentoj ne estas fidindaj. Cetere, tio ne gravas.

Ramiro estas sufiĉe konscia. Li interparolas kun certa flueco, kaj li estus eĉ amuza, se li ne estus surda. Malgrasa, iom kurba, li hezite iras sed malmultan tempon restas surlite. Eli provizis al li ir-helpilon: horizontala arko el malpeza aluminio, en formo de "U", kun kvar piedoj. La maljunulo iras, alkroĉita al tiu duonkaĝo, puŝante la irilon ĉe ĉiu paŝo. Fakte ĝi estas pli sekura, sed ja duonkaĝo. Mi ne volas irilon.

Sed Ramiro adaptiĝis. Li piediras per ĝi tra la tuta ŝirmejo. Foje li forgesas kaj iras stumble, sen la apogilo, trenante la irilon post sia korpo malgrasa kaj klina.

Kiam tio okazas, ĉiuj ridas, inkluzive de li.

Nature, Ramiro ripetadas siajn historiojn, kiel ni ĉiuj. Al li plaĉas raporti sian malriĉulan infanaĝon, en kamparo, kiam li fosis la grundon, arigis kaj melkis la brutojn, lavis bruthaŭton plenan de vermoj kaj surtretis brutfekaĵojn ĉiutage. Mi rimarkas, ke li iom fieras diri, ke kiam li estis etulo, li svenis en la stalo, meze de la bova koto. Preskaŭ morta. Li revenis nur post longa tempo. (Tiumomente li montras per la buŝo triumfan rideton.) Kaj li finas la historion ĉiam per la sama diraĵo: "Kiu povis supozi, ke mi atingos ĉi tiun aĝon!"

Ramiro posedas ankaŭ alian frazon. Tute senmotive, ĉu meze de la tagmanĝo, ĉu promenante al la kapelo, ĉu en la konsulto kun la doktoro, li diras, iom solene: "La naturo de virino finiĝas, iumomente. La naturo de viro neniam finiĝas."

La pasintan nokton mi maldormis. Mi decidis iom promeni tra la ŝirmejo. Estis jam pli ol noktomeze. Mi laŭiris la koridorojn silente, mi preterpasis la noktan deĵorantinon, kiu demandis min, ĉu mi bezonas ion. Ŝi entute ne miris; maljunuloj maldorme vagas, ne malofte. Iuj ronkadis. Aliaj sidis sur siaj litoj, kviete. En la centra ĉambrovico, apud la manĝejo, mi trovis Antonian, kiu staris, je distanco de du metroj de Lourdes, la lavmaŝino. La maljunulino senmove, hipnotigite, fikse rigardis tiun malbelan maŝinaĉon, kvazaŭ ĝi estus sublima skulptaĵo. Poste, mi eniris alian koridoron, kiu kondukas al tri ĉambroj. Unu el ili estas la dormoĉambro de Izabela Mi decidis enveni kaj demandi, ĉu ŝi volas glason da akvo, se ŝi estus sendorma. Mi ŝoke haltis ĉe la pordo. Izabela fakte kuŝis, sed eĉ meze de mallumo mi povis vidi, ke ŝiaj okuloj estas malfermegitaj, fiksitaj al la plafono. Ŝia vizaĝo tremetis, ankaŭ. Ŝi estis senmova. Ramiro sidis rande de ŝia lito, kaj li nek vidis, nek aŭdis min, li distriĝis frotante sian dekstran manon sur la femurojn de la maljunulino. Li etendis la movon ĝis la pubo, ĝis la mamoj. Li glitigis siajn manojn delikate, sur la vestoj, kaj li milde ridetis. Izabel faris nenian movon krom la vizaĝtremeto. Ŝiaj manoj kuŝis senvive laŭlonge de la mola korpo.

Mi retroiris. Feliĉe ili ne vidis min. Mi revenis al mia ĉambro, pensante pri la naturo de viroj kaj de virinoj. Antonia ankoraŭ rigardadis al Lourdes.

15

La tuta estraro de la ŝirmejo estis volontula. Granda kapdoloro, kaj la plej malfacila tasko estis tiu de kasisto, kiu devis konstante prizorgi la ruĝan koloron en la kontoj de la institucio. Ankaŭ por la prezidanto, kiu baraktis kun multe da mankoj, kiuj devigis lin uzi sian krudan temperamenton. Ĉiuj estis religiemaj, eble esperantaj ian benon el la Ĉielo, post tiu tuta oferado. Vere, eble meritoplena.

Karitata ŝirmejo estas ĉiam loko de malriĉo, forgesita en angulo de la urbo. Estis do mirinde, ke oni sukcesis arigi etan teamon da volontuloj emaj labori, dum jardekoj. Malgraŭ tio, de tempo al tempo aperis volontuloj el ekstere, kiuj proponis iom da helpo. Juna instruisto en elementa lernejo pretis alfabetigi kelkajn maljunulojn. Multaj estis ja nelegipovaj, eĉ se ili povis subskribi per sia nomo. La junulo alvenis posttagmeze, unu fojon semajne, kaj tre pacience intruadis la unuajn literojn, kiuj, en la lastaj jaroj de la vivo, estas ĉiam malfacile lerneblaj. Eble tio ŝajnas senutilaĵo. Sed estis vidinda la ĝojo de iuj lernantoj, kiam ili montris al alveninto siajn skribaĵojn, mise strekitajn sur restaĵoj de parte uzitaj, donacitaj kajeroj. Ĉi tio transdonis al la juna instruisto ian feliĉon, kiu transcendis la Ĉielon, kiun li eble aspiras.

Estis ankaŭ mezaĝa sinjorino, moviĝema kaj babilema, kiu alvenis bicikle, dufoje en ĉiu semajno, kaj dismetis kelkajn internulojn ronde, kaj stimulis ilin gimnastiki. Ŝia ridado kaj senĉesa parolado kontrastis kun la seriozaj, senesprimaj mienoj de ŝiaj atletoj. Tio aspektis prefere kiel groteska danco. Malgraŭ tio, la trejnistino ŝajnis senti iom da plezuro trans la drameca organizo, vidante ke ŝi sukcesas estigi aktivajn movojn fare de tiuj homoj, kiuj plej ofte, dum semajnoj kaj monatoj, vivadis en stato de tragika apatio. Tio estis ŝia Ĉielo.

Volontula laboro, eĉ se oni esperas ian Ĉielon - ĉiam duba afero - kaj malgraŭ la tuta manko en la mondo, estas iaspeca blovo de venteto freŝa en varma, sufoka tago.

16

La sekvan semajnon, la doktoro vokis min por transdoni al mi la promesitan libron. Mi estis kontenta kaj tre scivolema. Ankaŭ li, kontenta, kun gaja rideto, dum mi malpakis la donacon. Mi devas diri, ke tio mirigis min: "Aŭ tio, aŭ tio ĉi", poemaro de Cecília Meirelles. Poezio por infanoj. Komence, mi ne povis eviti senkomprenan rideton, kiun la doktoro, kutimiĝinta legi la mienon de homoj, perceptis kaj prisilentis. Maljunaj homoj ja fariĝas infanecaj. Kaj la plej multaj, kiuj ankoraŭ ne maljuniĝis, traktas ilin kiel infanojn. Tio ĝenas min. Mi ankoraŭ ne revenis al la torda infanaĝo de seniluloj. Mi esperas, ke mi mortos antaŭ tio.

Sed mi eraris! La libro ne taŭgas nur por infanoj! Ĝi apartenas al tiu rara kategorio de legaĵoj sublime belaj, por ĉiuj aĝoj. Mi legis ĝin iom post iom, kun plezuro, kun dolĉa sento, kian mi ne sentis de longa tempo. Mi neniam multe legis poezion, kaj estas jam tempo plenigi tiun mankon. Laŭgrade, mi perceptis, ke mi devas legi voĉe, almenaŭ murmure, tiujn versojn, nur al mi mem. Ili enhavas ian muzikon, ian mildan, patrinecan, aman muzikon. Ĉiu infano devus aŭskulti el patrina buŝo tiujn versojn el magia belsoneco. Mi ne scias, ĉu Cecília Meirelles havis idojn, sed mi supozas, ke ŝi pensis pri ili, kiam ŝi skribis tion. Certe estas tre bone havi tian virinon kiel patrinon.

De fridrivero, longa son',
De longa rojo, frida bon'.

Mi ekhavis kulposenton pro la esprimo de elreviĝo en mia rideto, kiun mi certe transdonis al la doktoro, kiam mi ricevis la libron. Mi decidis alĝustigi la misaĵon. Mi faris la jenon: mi parkeris unu el la poemoj kaj mi venis al li, la sekvan semajnon. Mi petis permeson, kiam li finis la konsultojn, mi ekstaris solene antaŭ li kaj deklamis la poemon pri frida rivero, kaj mi nek eraris, nek balbutis. Kiam mi finis, la doktoro ekstaris el sia seĝo kun skandala esprimo de jubilo, brakumis min kaj gratulis.

Eble tio estas iom da pretendo miaflanke, sed mi pensas, ke mi vidis malsekaĵon sur liaj okuloj. Homo amas sukcesi per trafaj donacoj.

17

Unu-du fojojn en ĉiu jaro okazis ekskurso de la maljunuloj de la ŝirmejo. La urbodomo pruntedonis etan omnibuson, kun la responda ŝoforo. Eli apartigis tiujn, kiuj povis vojaĝi, ĉu laŭ la kapablo piediri, ĉu laŭ la kapablo kompreni simplajn instrukciojn. Eĉ Rubem entuziasme iris sur sia rulseĝo. Ili ekveturis frumatene kaj trairis preskaŭ tri horojn ĝis la marbordo. Oni devus vidi ilian gajon, kiam ili ekvidis la maron. Preskaŭ ĉiuj volis enakvigi la piedojn, sub la zorgoplena rigardo de Eli. La malvarma akvo igis, ke urino riveretis laŭ la gamboj de kelkaj el ili. Eli lavis ilin per sala akvo. Rubem ofte petis, ke oni puŝu lian seĝon kelkajn metrojn en la ŝaŭmon, sur la sablo. La ŝoforo spiregis pro la malfacila penado, pro la pezo. Sed poste li ĝuis rigardi la gajan ridon de la maljunulo. Rubem petis ankaŭ skatolon da biero al la ŝoforo. La homo dube skrapis la kapon. Li konsultis Eli.

– Nu, strikte, ne estas permesate... Sed mi povus ŝajnigi, ke mi nenion vidas.

Tiel, Rubem trinkis unu skatolon da malmultekosta biero, unu fojon en ĉiu jaro.

Revene, tiuj ĉifitaj vizaĝoj reprenis sian serioza mienon. Ili dormetis, lacaj, skuite, dum ili sonĝis infanajn sonĝojn. Oni ne aŭdis de ili ian ajn komenton, kiam ili reeniris la ŝirmejon. Ĉiufoje, je la fino de la ekskurso, Eli demandis sin mem: Ĉu valoras la penon? La ŝoforo asertis, ke jes. Li imagis sin maljuna, iam estonte, kun la piedoj en la akvo de la maro.

18

(Ĉu ci memoras la tagon, kiam cia voĉo sonis al mi stranga?
Cia voĉo de fiera birdo, cia voĉo lunluma.
Miaj oreloj ĝis hodiaŭ petegas cian voĉon fuman.
Ĉu ci memoras?)

Isabel ne venis por la matenmanĝo. Min kaptis antaŭsento, kiam mi englutis lastan pecon de buterpano. *Maria sidis apud mi kaj nenion diris. Maria kundividas la ĉambron kun Isabel, sed ŝi preskaŭ ne parolas. Maria salivas, pro siaj multaj kontraŭnervozaj medikamentoj. Ŝia buŝo estas ĉiam iom malfermita, lasanta videblaj gingivojn rozkolorajn kaj sendentajn. Maria malrapide pensas, kiam ŝi entute pensas.*
Mi demandis:
– Ĉu Isabel ne venos por la matenmanĝo?
– Ŝi estas stranga, ŝi mallaŭte ĝemas. Certe ŝi ne emas matenmanĝi.
Mi rapide eliris, mi paŝis al la konsultejo kaj vidis, ke d-ro Luko jam alvenis. Mi trovis Isabel tremanta, senĉese palpebrumanta kaj ĝemanta. Kio okazis?
– La okuloj doloras, doloras!...
Ŝiaj okuloj estis ruĝaj, larmantaj.
– Ĉu vi vidas, Isabel?
– Preskaŭ nenion.
Mi rapidis por sciigi tion al Eli. La doktoro aŭdis mian diron kaj venis al Isabel. Mi postsekvis. Li malsuprenpuŝis la palpebrojn de la maljunulino, faris demandojn, poste li mienis maltrankvile. Li strekis ion sur papero, por indiki urĝan konsulton kun okulkuracisto.
– Urĝe, Eli!
Eli klopodis, ja. Ŝi telefonis plurfoje, ŝi insistis pri urĝo, la tempo pasadis, Isabel ĝemadis. Ŝi ĝemis dum la cetera parto de la tago, dum la tuta nokto, sed la okulkuracisto konsentis veni nur la sekvan tagon. Dum la nokto, mi iris por rigardi al Isabel, plurfoje. Ni ambaŭ ne

dormis. Mi atentigis la noktan dejorantinon, ŝi donis kelkajn gutojn
da dolormildiga kuracilo. Agonio. Mateniĝis, kiam foriris Isabel en
ambulanco, ĉiam ĝemanta kaj tremanta.

Post kelkaj horoj revenis Eli kaj Isabel. Isabel jam ne ĝenis, ŝi nur
vagmovadis siajn okulojn en ia malpleno. Eli mienis senkonsola.
Isabel estis blinda. Por ĉiam.
Mi iris por iom fosi la bedon. Eble mi devas planti rozujon ĉi tie?

19

Malgraŭ la nekontentiga funkciado de la institucio, estis ĉiam
listo da maljunaj kandidatoj en malfacila situacio, kiuj petis
ŝirmon tie. Tio fakte montris la nekontentigan funkciadon de
la socio, entute. Forlasiteco, soleco, fizika dependeco, mensa
dependeco, subnutriĝo, miszorgado – fine ĉiaspecaj mankoj.
Plej granda parto el la petoj venis de malriĉaj familioj, kiuj ne
povis prizorgi siajn maljunulojn per la minimumo. Kiam alve-
nis ilia vico, ili alportis la ilin, ofte plenaj de honto kaj kon-
sterno, kvazaŭ ili konfesas ian moralan krimon: lasi parencon
en azilo (ĉi tiun vorton oni zorge evitis, pro la implica ŝarĝo de
la akuzo).

Eĉ se tio ŝajnas plej kruela, foje la kandidatoj, kiuj ricevis iun
pension – malgraŭ ke la mizera minimuma salajro laŭleĝe estis
la valida kriterio – estis preferataj. La klarigo estas evidenta: la
administrantoj uzis parton aŭ la tutan mongajnon de la inter-
nulo. Neniu aŭdacis kritiki tion, ĉar estis sciate, ke la ŝirmejo
estas deficita institucio.

Kiam maljunulo estis tuj akceptota, la oficistino pri socia
asisto, la flegistino kaj unu estrarano iris por kontroli la situa-
cion de la estonta loĝanto. Ili pritaksis la financan bezonon, la
familian situacion, la gradon de necesbezonoj en la loko, kie li

aŭ ŝi vivis. Prekaŭ ĉiam ili trovis fizikan kaj moralan mizeron. Malpuraj lokoj, miszorgado, misnutrado, aĉa higienomanko kaj precipe soleco, peza soleco. La flegistino analizis la sanstaton. Se la kandidato havis ian severan malsanon, lli estis tuj rekte rifuzita. Cetere, la ŝirmejo ne estis hospitalo, kaj ne rajtis alpreni tian respondecon, laŭleĝe.

Kiam aprobita, la kandidato estis kondukita al la kuracisto, kiu pli detale analizis la sanstaton, por vidi, ĉu eblas enloĝigi lin aŭ ŝin. Li detale ekzamenis la korpon kaj mensan staton, kaj petis bazajn laboratoriajn ekzamenojn. Se ne troviĝis tre severa malsano, tiam la maljunulo estis akceptita. Tia estis la vivo: la plej malsanaj, do bezonantaj pli da zorgoj, tiuj estis rifuzitaj kaj senditaj al la urba hospitalo, kie oni flegos ilin tute supraĵe. Ofte ili revenis hejmen. Sed estis esceptoj. Foje, la unua vizito montris tiel gravan situacion, ke la enloĝigo en la ŝirmejon estis tuja. Kaj la kuracisto neniam kontestis tion. Du ekzemploj:

Ili trovis maljunulon ŝlositan en senluman ĉambreton, sen fenestroj, kuŝanta sur kaduka matraco, sen littukoj, sen propra lito, rekte sur la planko malpura kaj malbonodora. Kiam la skipo envenis, kun lumanta lanterno, ili trovis subnutriĝintan homon, palan, kun unu amputita gambo, kuntiriĝinta, senmova. Li bezonis iom da tempo por respondi simplajn demandojn. Li havis vicon da formikoj sur sia korpo, kaj multajn signojn de formikaj pikoj. Li estis diabetulo. La flegistino tuj kolektis guton da sango kaj konstatis, ke la nivelo de glukozo estis tre alta. La maljunulo misspiradis kaj estis mense konfuzita. Oni metis lin en aŭton kaj forportis, sen pliaj demandoj.

Alia ekzemplo. La soci-asistantino ricevis anoniman sciigon, pri maljunulo vivanta en kloaka tubo, tra kiu elverŝiĝas ekskrementoj, borde de rivero, en periferia kvartalaĉo. Ili ne kredis, sed aliris por kontroli. Estis vere. La viro apenaŭ sukcesis elbuŝigi nekompreneblajn frazojn. Li ne sciis informi, de kiom da tempo li troviĝis tie. Oni ne povis klarigi, kiel li nutris sian malgrasegan korpon. Objektive, li montris mensan misfunkciadon, misformiĝon de ambaŭ manoj kaj perdo de partoj de preskaŭ ĉiuj manfingroj. La flegistino suspektis pri lepro. Ŝi pravis. Oni tuj forkondukis lin en la ŝirmejon.

Tromizero estis certa alirejo por ekloĝi en la ŝirmejo. Por iuj malfeliĉuloj, tio similis al loko en la Ĉielo.

20

En la sekva tago, post kiam Isabel definitive plonĝis en mallumon, frumatene, mi venis al ŝi por alporti akvon. Ŝi plu kuŝis senmova, kun fiksa vaksa vizaĝo, okuloj ankoraŭ ruĝaj, ĉiam direktita al la nun nevidebla plafono. La brakoj etendiĝis laŭlonge de la maldika trunko. Mi renkontis Ramiron, kiu sidis apud la lito, same enigman. Isabel ĝue trinkis, murmure dankis, denove etendis la brakojn.

– Ĉu la okuloj ankoraŭ doloras, Isabel?

– Iom.

– Ĉu vi vidas ion?

– Ne, nenion. Ne gravas. Mi malmulte uzis la okulojn.

Mi neniam antaŭe aŭdis de Isabel tri sinsekvajn frazojn. Mi iris por peti de Eli, ke ŝi lasu sonorileton je la atingeblo de ŝia mano, por ke ŝi voku, se necese. Eli trovis la ideon bona, kaj mi mem min proponis por alporti la sonorilon.

Kiam mi eliris el la ĉambro, Maria venis al mi kaj demandis, kun senesprima mieno:

– Ĉu tio estis mia kulpo, Violeta?

Mi surpriziĝis.

– Kulpo pro kio, Maria?

– Pro tio, ke Isabel blindiĝis?

Maria duonsonigis singulton kaŝitan en sia salivoplena buŝo, sen akompano de rigardo.

– Ne pensu tion, Maria. Malsanoj alvenas, kiam oni ne atendas ilin. Neniu estas imuna.

Kaj mi kompletigis:
– Kaptu la okazojn lerte rigardi la aferojn en la mondo, Maria.

(Ci estis blinda, dum tempo de elaĉeto.
Ci trenis min dum cia blinda tempo, tiel ke ankaŭ mi elaĉetis.
Ci neniam klarigis al mi, el kie ci prenis cian ravon,
post tiuj tagoj de blindeco.
Eble el muziko.)

21

Kuracistoj amas klasifikadon. Medicino estas granda katalogo de klasoj kaj fazoj de morbaj fenomenoj, ia foje torda klopodo enkadrigi doloron kaj suferon. Diabeto tipo I kaj tipo II; kardiopatio en gradoj I, II, III, k.t.p; risko je kirurgio I, II, III, IV; depresio milda, modera kaj severa (ĉi tiu lasta kutime ricevas la honoran alnomon en la latina lingvo: major); osteopenio, osteoporozo. Klasifikoj trankviligas la menson de kuracistoj, ne ĉiam tiun de pacientoj. Unue ili transdonas la komfortigan senton, ke oni komprenas la malsanon, ke oni detale ekzamenas ĝin, ke oni iel regas ĝin. Koncerne la pacientojn, plej ofte ili akceptas diagnozajn kategoriojn kun neevitebla suspektemo: ĉu fazo II evoluos al fazo III, aŭ revenos al fazo I? Por kuracistoj, ĝi estas ia manapogilo subtenanta ilin laŭlonge de ŝtuparo; por malsanuloj, ia nuda pontaĉo, super akvofluo de minacanta rivero.

D-ro Luko, en la ŝirmejo, ankaŭ li faris sian klasifikon, kiun li kutimis ripeti, ne sen iom da fiero, al la flegistino kaj al iuj funkciuloj kaj estraranoj.

Laŭ li, troviĝis tri tipoj de maljunuloj, en la momento, kiam ili estis akceptitaj en la ŝirmejon. La unua grupo estis tiu de apatiuloj, ofte surlite vivantaj kaj tute dependantaj de prizorgado, kiuj alvenis nepropravole, kaj ne komprenis tion, kio okazas al ili, laŭ diversaj gradoj de demenco kaj nekonscio pri la ekstera mondo. Ili manĝis, spiris, urinis, fekis, dum tragika vegetaleca vivo, en kiu ili tamen estis ekster la plej granda sufero – havi konscion. Por ĉi tiuj, kuŝi en la hejmo, kune kun malfacile vivanta familio, aŭ en ŝirmejo, prizorgataj kiel iom pli ol nur korpoj, estis la samo. Eble ili vivos dum iom pli da tempo en ĉi tia institucio, ĉar ĉi tie ili ricevis nutraĵojn kaj medikamentojn pli regule. Duba avantaĝo.

La dua tipo estis tiuj, kiuj alvenis el cirkonstancoj ekstreme malsufiĉaj por la vivo. Malsato, soifo, agresoj, malvarmo, malpuro, mallumo, senmoveco, senkompata soleco, kaj la tuta gamo da forlasitecoj, al kiu oni povas submeti senutilan maljunulon. Ili alvenis iom teruritaj, misnutritaj kaj timantaj; kelkaj petis, ĉiam tre silente, ian indulgon. Por ĉi tiuj, la ŝirmejo estis ia loko por la vivo, kaj por ili, vivo perdita de longa tempo; ĉi tie ekzistas homoj, iom da lumo, suno, manĝo, lito, banoj, ĉi tie ofte iu demandis ilin: Kiel vi fartas? Por ĉi tiuj, tio signifis ian varian plilongigon de la vivo, pri kiu ili ankoraŭ konservis iom da konscio. Kiam alia persono konversis kun ili, ili senŝanĝe ripetadis okazaĵojn de sia pasinta vivo, rememorojn kaŝitajn en kartonaj skatoloj.

La tria tipo. Maljunuloj ne tute mizeraj, kiuj ankoraŭ havis iom da persona digno, ian malnovan domaĉon, kie ili vivis dum jardekoj. Kvankam malriĉaj, ili ne estis almozuloj. Tamen, ili fariĝis neeltenebla pezaĵo por siaj familianoj, se troviĝis proksimaj familianoj. Ili jam ne povis zorgi pri si mem sen granda risko pri faloj, akcidentoj kun fajro, svenoj kaj ĉiaspecaj neatenditaĵoj koncerne la korpon. Ili jam ne sukcesis iri al vendejoj por aĉeti la minimumon. Familianoj alportis ilin, aŭ laboristoj de la socia asistado, kaj ili alvenis kontraŭvole. Ili ame alkroĉiĝis al sia ruina domaĉo, kie ili loĝis dum multaj jaroj, kaj forlasi ĝin estis suferego. Resti en ŝirmejo por dependantaj, nekonataj maljunuloj similis al restado en fremda lando, kun lingvo kaj kutimoj nekonataj. Kial ili alvenis, Eli kutime demandis:

– Ĉu vi volas loĝi ĉi tie?
Post momento de silento, kelkaj respondis:
– Mi ne propre volas. Sed estas necese.
Kaj ili time rigardis al tiuj, kiuj alportis ilin.

Laŭŝajne, laŭ d-ro Luko, la maljunuloj en la tria kategorio vivis dum malpli longa tempo en la ŝirmejo, ol ili vivus en forlasiteco. Komence ili rifuzis manĝon, rapide malgrasiĝis, tuj elmontriĝis rapida kognoperdo, ofte ili fariĝis mense konfuzitaj, foje malkvietaj. Ne malmultaj el ili maldormadis, deliradis, halucinadis. Medikamentoj apenaŭ efikis. Unuvorte, ili ŝrumpis, dum pli aŭ malpli longa tempo. Supervenis infektoj en agonio malrapida kaj tragika.
Jen tio estis la didaktika klasifiko de d-ro Luko.

22

(Tranĉu min resopiro, ho enigmohomo.
Min distondu, bruligu, pulvorigu.
Ĉu ci ne povus alpreni la formon de vizio,
almenaŭ dum unu sekundo, ho kruela?)

Hieraŭ alvenis nova loĝanto. Malhela haŭto, malgrasa kvazaŭ li povus ekflugi, se blovus vento. Li lamis. La doktoro ekzamenis lin, petis la ĉiamajn laboratoriajn testojn, iom interparolis kun li. Mi aŭskultis de ekstere, algluita al la fenestro de la konsultejo, ŝajnigante, ke mi baniĝas sub sunradioj. Mi aŭdis ridojn kaj vigligajn vortojn, per kiuj la doktoro ĉiam klopodas akcepti la novulojn. La voĉon de la maljunulo mi ne aŭdis. La konsulto finiĝis kiam la kuracisto proponis al la flegistino, ke ŝi konduku lin al la manĝejo, por ion engluti.
Hodiaŭ mi venis al li por interparolo. Li sidis en koridoro, iom kuntiriĝinta, kun la pintaj genuoj fleksitaj, li ĉirkaŭrigardis kvazaŭ li serĉus direkton. Kie li troviĝas?

– Bonan matenon.

– ...tenon.

La respondo estis nur kutimo.

– Ĉu vi jam trinkis kafon?

– Jam.

– Ĉu vi estas kontenta, ĉi tie?

Li rigardis min mire. Kontenta? Ĉu li scias, kio estas kontenta?

– Kiel okazis, ke vi alvenis ĉi tien?

– Mi piediradis, laŭlonge de ŝoseo. Mi iris dum multaj tagoj. Sub pluvo kaj malvarmo. Mi malsatis kaj soifis.

– Kiel okazis, ke vi alvenis ĉi tien?

– La familio de Eleotério helpis min. Ili loĝas apud ŝoseo. Ili gastigis min dum kelkaj tagoj. Sed ili estas malriĉaj, ili ne povis nutri unu plian buŝon, eĉ se mi dormis en la verando. Ili venigis min ĉi tien. Mi ne scias, kiu loko estas ĉi tiu.

– Ĉu vi emas por ĉiam loĝi ĉi tie?

La maljunulo tiam malfermegis la okulojn, ekstaris ŝanceliĝe kaj puŝis min per ambaŭ manoj. Ia puŝo tiel malforta, ke ĝi apenaŭ movis min. Sed mi komprenis, ke mi jam faris tro da demandoj. Mi retroiris kaj observis. Li stariĝis, ekiris laŭ la koridoro kaj sin turnis al la malantaŭa parto de la ŝirmejo, kie barilo el rustiĝintaj pikdratoj ankoraŭ kaŝas pecon da tera grundo. Mi sekvis lin, je certa distanco. Neniu rimarkis. Li ekkaŭris post la barilo kaj restis en tia sinteno dum kelkaj minutoj. Li fekis.

Mi iris por sciigi tion al Eli. Ŝi diris, ke li ne utiligis sanitaran pelvon de longa tempo.

– Ni devos instrui lin pri tio – ŝi diris, ride.

Mi ne trovis en tio ion ajn ridindan.

23

De tempo al tempo okazis, ke interniĝis en la ŝirmejon ge-
edzaj maljunuloj, kiuj jam ne povis zorgi pri si. Kiam ili alve-
nis, tio estis ĉiam speciala okazaĵo, en loko, kie nenio tre inte-
resa okazis ofte, krom la foiretoj. Iom post la alveno de Violeta,
unu el tiaj geedzoj estis akceptita. Enpaŝis la paro, tre solene,
brakenbrake, elegante vestitaj, li en palto, ŝi en flora robo kaj
puraj ŝuoj. La ceteraj loĝantoj enviciĝis por ke ili preterpasu,
kaj ili malrapide paŝis, salutante per la kapo, ambaŭflanken.
La sociasistantino akompanis ilin, kaj ĉion klarigis: ĉi tie estas
la manĝejo, tie la kapelo, tie poste la legomĝardeno, la vico de
ĉambroj, ĉiu kun sia pordo kaj fenestro.

Estante geedzoj, ili rajtis loĝi en unu sama ĉambro, tamen
kun du individuaj litoj. Ili fine envenis, kiel se ili komencus
novan miellunan tempon. Ili geedziĝis antaŭ sesdek du jaroj.
Ili ne volis loĝi kun la gefiloj, ili preferis la ŝirmejon: problemoj
inter bopatrino kaj bofilino. Cetere, unu el la bofilinoj bone rila-
tis kun ili. Sed ŝi estis divorcinta, kaj divorcinta bofilino jam ne
estas bofilino.

Kelkajn tagojn post la enveno, komenciĝis kvereloj. Dispu-
toj, krioj kaj sakroj aŭdeblaj de malproksime. Ili jam ne venis
kunaj al la manĝejo, ili jam ne promenis kunaj laŭ la korido-
roj, ili jam ne restis sub la suno, ekstere. Ĝis la edzo komencis
dormi ekster la ĉambro, sidante sur malnova fotelo, en ombra
koridoro. La sanstato de ambaŭ, je plenumiĝo de la teorio de
d-ro Luko, rapide ruiniĝis. La maljunulino ofte falis surplan-
ken, en la necesejo; la maljunulon atakis halucinoj, dum kiuj li
vidis, ke la gefiloj envenas la ĉambron, nokte, por "preni miajn
objektojn".

Eli alarmiĝis. Ŝi kunigis la du geedzojn en la ĉambro kaj
rekte demandis:

– Kial tiom da malpaco?

– Li neniam respektis min. Li seksumis kun ĉiuj servistinoj,
kiujn mi dungis.

– Al ŝi ĉiam plaĉis negroj. Ŝi ofte frotas negrojn.

24

Mi renkontis Anísia en la manĝejo, frumatene, sen ŝia edzo. Estis nur ni du, kaj ŝi salutis min fervore. Ŝi tenis per la mano pecon da kuko kaj havis la okulojn brilantaj de miro kaj ĝuo.

– Vidu tion! Ĉi tie oni eĉ donas al ni kukon!

– Ĉiun vendredon ni havas kukon – mi diris, por ke ŝi miru ankoraŭ pli.

– De kiom da tempo mi ne manĝas kukopecon...

– Kie estas via edzo?

Ŝi grimacis.

– Tiu pigra maljunulaĉo ankoraŭ ne ellitiĝis. Pli bone tiel, por ke mi prenu mian kafon trankvile.

– Kiomjara geedzeco?

– Sesdek du. Krom kelkaj monatoj por amindumado.

– Ĉu bona geedzeco?

– Dum la unua jaro. Poste alvenis la ĉagrenoj.

– Kio fuŝis ĝin?

Je tiu punkto de nia interparolo, ŝi suspekteme rigardis min. Ŝi rigardis min de supre malsupren. Mi pentis pro la demando. Mi klopodis ŝanĝi la direkton de la interparolo, sed la maljunulino insistis klarigi:

– Lin trafis ia odoro. Ia naŭza odoro de ovoflavo. Nenia sapo forigas tion.

Kaj ŝi plenigis la buŝon per kukopeco, por montri, ke ŝi jam ne emas paroli.

Ankaŭ mi manĝis, tio estis maizkuko, sufiĉe bongusta. Poste mi foriris alporti akvon al Isabel.

25

Unu el la plej malfacilaj problemoj, kiujn la administrado de la ŝirmejo devis solvi, kaj eĉ iom ofte, estis tiu pri "neadaptiĝantoj". Per ĉi tiu ironia vorto d-ro Luko alnomis ilin. Kvazaŭ la ceteraj maljunuloj tie ŝirmataj estus "adaptiĝintoj". Ĉio komenciĝis per la fermita pordego. Neniu envenis, neniu eliris el la ŝirmejo sen permeso de la estraro. Plej multaj el la internuloj ne ricevis permeson eliri el la institucio sen akompananto, pro evidenta kialo: se io malbona okazus al ili ekstere, la asocio estus respondeca. Tamen, kelkaj el tiuj maljunuloj estis ankoraŭ tiel fortaj, viglaj kaj sendependaj, ke tiuj ricevis la privilegian permeson. Oni povas imagi la envion, kiun tio kaŭzis al ĉiuj aliaj.

La "neadaptiĝantoj" havis malmildan temperamenton, nekapablaj kunvivi en tiu komunumo plena de reguloj kaj limigoj, kaj ili sentis sin enkarcerigitaj. Sed ili jam ne estis tute konsciaj kaj prudentaj por povi fari iajn decidojn. Ili troviĝis en tiu neklara situacio, kiam demenco komencas fari siajn unuajn atakojn. Tio estis malfacila problemo por la kuracisto, kiu devis findecidi, ĉu tiuj maljunaj homoj povas iri solaj surstrate. Kompreneble, la doktoro, se li havis dubon, li tion malpermesis. Multaj el la pacientoj furioziĝis pro tio, fariĝis agresemaj, koleraj, kiam ili perceptis, ke ili estas kaptitaj kaj arestitaj. Iliaj familianoj, kiuj neofte vizitis ilin en la ŝirmejo (kiel estus dezirinde nun, pli ol iam antaŭe), eĉ pli malofte aperis. La "neadaptiĝantoj" tiam sentis sin pli kaj pli forlasitaj, forĵetitaj, humiligitaj. Malmulto humiligas homon pli ol perdo de libereco.

Tamen, ili sin defendis de la kadukiĝo per ribelemo. Ili ne malsaniĝis, ili ribelis. Ili mistraktis la funkciulojn kaj aliajn maljunulojn. Ili kriadis, sakradis, rifuzis sekvi normojn. Tiam oni alvokis la familion (se ĝi ekzistis) kaj oni sciigis ĝin pri la drameca, neeltenebla neadaptiĝo. Multaj el tiuj "neadaptiĝantoj" fine revenis al la ekstera mondo. Kompreneble, ankaŭ ĉe siaj familianoj (se estis familianoj) ili plu vivis sen adaptiĝo kaj en malfacila kunvivado. Ili tiam revenis al la antaŭa vivo de malhavo kaj mizero. Ili estis do personoj sen ia ajn loko en la mondo. Ili eliris el la ŝirmejo kaj oni foje vidis ilin dormantaj surstrate, almozpetantaj kaj kuŝantaj en la atendejoj de hospitalo.

Ĝis ili revenis al la ŝirmejo, kaj estis reinternigitaj, kiam la vivo, en la kruela mondo ekstera, transformiĝis en ion tro suferan. Kaj en la ŝirmejo ili rekomencis sian sinsekvon da lamentoj, ribeloj kaj neadaptiĝo, kaj kaŭzis tumultojn kaj malkomforton ĉirkaŭ si. Tiaj foriroj kaj revenoj en kaj el la ŝirmejo, ĉe iuj okazoj, ripetiĝadis plurfoje, ĝis la koncerna "neadaptiĝanto" malaperis, kaj oni ne plu eksciis ion pri li.

Maljunuloj maljuniĝas kun sia temperamento. Ekzistas homoj, kiuj neniam trovas sian lokon en la mondo. Ili fariĝas maljunuloj eterne senpatriaj.

26

Hodiaŭ mi sentis grandegan solecon. Ĉiuj ĉirkaŭe ŝajnis for. Fakte ili estis for. Eli ne foriris de sia tablo plena de burokrataj paperoj. Ne estis tago por vizito de la kuracisto. Antonia ne venis el sia ĉambro, ankaŭ ne Roza, nek la Muta. Rubem atente rigardadis la etajn breĉojn sur la muroj. Ĉiuj tre kvietaj, eĉ Lourdes, la maŝino, ne sonigis sian koleran muĝon. Senmova aero. Neniu ŝaltis la televidon.

La tagmanĝo kaj la posttagmeza kafo okazis sub la ĝena bruado de manĝiloj sur teleroj. Ne estis deserto. Neniu konversis. Mi ne aŭdis "bonan tagon". Dum la meso, neniu konfesis. La pastro malmulte, mallaŭte parolis, eble por ne perturbi la ĝeneralan melankolion. La ĉielo estis blua, seka, aspra. Paseroj malmulte pepis sur la preĝeja turo. Ne blovis vento.

Tago kun iom da doloro, ĉiu persono rigardis nur al si. Ankaŭ mi serĉis en mi ian rememoron, kiu povus plenigi ĉi tiun laman tagon. Venis al mi la bildo pri mia hundo, kiu mortis blinda, lekante mian manon, antaŭ multaj jaroj.

Mi ne komprenas tian kolektivan misteron.

Troa silento timigas.

> *(Ci travivis amon al hundoj.*
> *Tiel mi ekkonis cin, poem-persono. Ci alprenis*
> *de hundoj la kutimon leki, la supernaturan flarpovon*
> *rilate la senton pri soleco. Ci ne ŝparigis al mi*
> *tian destinon de malalta tajdo.)*

27

Eŭklido venis en la ŝirmejon kaj tuj fariĝis populara. Skandala, forta voĉo, mallongaj, emfazaj frazoj, kiujn li ripetadis kvazaŭ pafe. Maljunulo sen sekretoj, tiel laŭte li parolis. D-ro Luko multe amuziĝis, kiam li ekzamenis lin. La homo fieris, ke li englutas neniun medikamenton, ke li sentas nenian doloron en la korpo, kaj en la animo. Aplomba. Li ĉion memoris, li liveris taŭgajn informojn, li iom malkomfortigis sian akompanantan filon (ĉiuj filoj alportantaj patron al la ŝirmejo sin montris malkomfortaj), ĉar la filo mem nenion povis aldoni al liaj informoj.

– Lasu, mi mem parolos!

Al ankoraj plene konsciaj maljunuloj, d-ro Luko ĉiam ripetadis la saman demandon:

– Kiu estas la sekreto por tiom da energio, Eŭklido?

– Kalkulado, doktoro, kalkulado! Mi havas en la kapo ĉiujn multiplikajn kalkulojn, ĉiudirekte, iam ajn. Sesoble unu, ses; sesoble du, dek du; sesoble tri, dek ok...

Kaj la maljunuloj eldiris la tutan obladon de ses. Li komencis la obladon de sep, sed la doktoro mire interrompis:

– Sepoble ok?

– Kvindek ses! Sepoble naŭ, sesdek tri; sepoble dek, sepdek!

Eŭklido ne estis malsana, sed li havis unu kruron misformita.

– Kio okazis, Eŭklido?

– Mi falis de sur ĉevalo. Antaŭ kelkaj jaroj. Rompiĝis ostoj. Oni devus operacii, sed oni ne operaciis, mi restis misformita. Nu, malprudente estas distriĝi per kalkulado... Ĉevalo ne interesiĝas pri kalkuloj.

Kiam Eŭklido estis eliranta el la ĉambro, la doktoro kriis de malproksime:

– Eŭklido, kiom estas unuoble nul?

Eŭklido ŝajnigis, ke li ne aŭdis, kaj foriris.

La flegistino komentis:

– Kia fiaĵo, doktoro!

28

*(Ci estis mia patro,
mia foirkomercisto, mia panbakisto,
kudristo, stratbubo,
nun mi scias. Mia impostisto.)*

*Aŭ flugo aera, aŭ staro sur grund',
Aŭ staro sur grundo, aŭ flugo aera.*

*Tre bedaŭrinde, ke ne eblas esti
samtempe ambaŭloke!*

Mi legis ĉi tiujn versojn de Cecília Meirelles je la deka fojo, la pasintan nokton. Por vidi, kio kaŝiĝas en tiuj infanaj versoj. Mi scias, ke io kaŝiĝas malantaŭ ili, sed mi ne kaptas. Mi ĉiam rememoras miajn kastelojn el lignopecoj, kiun mia patro donis al mi. Li ludis kun mi, laŭdis miajn konstruaĵojn kaj rakontis fabelojn okazintajn en tiuj kasteloj. Ili tie staris, la kastelo, mia patro, lia potenca voĉo, la princo kaj la princino, kaj la purakva rivero, kiu fluis sub la ponto el grandegaj ŝtonoj, kie naĝis krokodiloj minacaj. La historio suprenleviĝis en la aeron, eliris tra la fenestro, flugis inter nuboj. Mi perdiĝis, kaj unu tagon mi ne plu revenis. Mia patro diris, ke en tiu tago mia mieno ŝanĝiĝis, por ĉiam. Ni neniam plu ludis pri konstruoj. Mi pensas, ke mi naskiĝis dufoje, kaj tiu estis la dua naskiĝo. Aŭ eble estis multaj naskiĝoj en ĉi tiu stranga vivo? Vere: aŭ flugo aera, aŭ staro sur grund'. Nepre. Mi sopiras pri vi, patro.

29

Unu tagon, studento venis en la ŝirmejon kun filmilo en la mano, petante paroli al Rocha. Tio kaŭzis malfidon, suspektemon, sed la junulo havis honestan aspekton, oni permesis, ke li envenu. Li diris, ke li preparas laboraĵon por sia fakultata kurso, intervjuon kun Rocha. Li laŭiris la tutan longon de la ŝirmejo kaj atingis la malantaŭan ĉambron, apud la kapelo, antaŭ la legomĝardeno. Kelkaj maljunuloj rigardis lin, mire.

Rocha akceptis lin kun sia kutima digno kaj respekto, supozante, ke li estas ia urbkonsilanto, ia aŭtoritatulo, malgraŭ ke tre juna. La junulo klarigis, por forigi suspektojn:

– Mi vidis vin, sinjoro, plurfoje, sub viadukto, kiam vi vendis kokosdolĉaĵojn. Vekis mian atenton la maniero, kiel vi parolas kun la klientoj: per ia formaleco, multe da digno, sobra simpatio, komentoj ŝajne ne ordinaraj ĉe vendanto de kokosdolĉaĵoj...

Plurfoje mi haltis kaj aŭskultis vian interparolon kun preter-pasantoj. Ĝis unu tago, kiam mi aŭdis vian nelongan prelege-ton pri la arto trovi la ĝustan punkton de kuiriteco, por ke la dolĉaĵo estu kontentiga, nek sengusta, nek trodolĉa. Tiam mi aĉetis kaj gustumis. Mi pensis: mi devas intervjui tiun homon.

– Intervjui? Kiel, intervjui?

– Nur dum kelkaj minutoj. Mi demandos, vi respondos, kiel tio plaĉos al vi, mi filmos viajn respondojn.

– Kiucele?

– Mi devas prepari laboraĵon por la fakultata kurso kaj ĉi tiu intervjuo estos parto de ĝi.

La okuloj de Rocha ekbrilis. Li aperos en laboraĵo fakultata, kaj tamen li apenaŭ frekventis la elementan lernejon, li, maljuna negro el malriĉa popolo. La junulo rimarkis, ke tio plaĉas al la homo.

– Kion vi demandos de mi?

– Mi preferas, ke vi ne antaŭpreparu vin. La afero devas okazi spontanee. Nenion, kion vi ne povus facile respondi. Mi nur petas unu aferon: ne eblas, ke la respondoj estu tre longaj. Ĉirkaŭ du minutoj por ĉiu respondo. Ĉu vi konsentas?

Rocha honte ridetis. Li petis, ke la intervjuo okazu meze de lia legomĝardeno. Tie, sen pliaj aranĝoj, li komencis:

– Sinjoro Rocha, bonvolu prezenti vin.

– Mi estas Rocha, mi naskiĝis en kamparo, onidire pranepo de sklavo. Mi lernis prilabori la grundon, poste brutojn, bovinojn, kaprinojn, eĉ ŝafojn. Mi estis paŝtisto, agrokulturisto, dompurigisto, melkisto, ĉevaldresisto, mi prizorgis kokinojn kaj porkojn. Poste mi venis en la urbon, mi studis dum kelkaj jaroj, mi lernis legadon kaj simplan skribon. Unu solan lib-ron mi finlegis, kiam mi atingis la aĝon de kvardek jaroj – tio estis por mi revo. Instruisto indikis ĝin. Mi laboris en fabriko, mi purigis, mi oleis maŝinojn, mi helpis konstrui domojn. Mi edziĝis, ekhavis idojn. Ĉu tio sufiĉas?

– Sufiĉas. Se vi havas idojn, kial vi venis por loĝi en mal-junulejo?

– Mi vidviĝis, la idoj estis jam plenaĝaj, kun siaj familioj, ili alvokis min por kunloĝado. Sed mi ne konsentas pri ilia maniero vivi. Mi preferas mian ĉambreton, ĉi tie. Sed mi kritikas neniun, komprenu vi.

– Vi vendas tre laŭdatajn kokosdolĉaĵojn, kaj mi konfirmas la laŭdon. Kiu estas la sekreto de via recepto, s-ro Rocha?

– Mi boligas la lakton dum mi kantas kanzonon, kiun mia patrino kantis, por ke mi dormu. Mi kantetadas, ĝis la dolĉaĵo atingas la ĝustan denson. Se ĝi ankoraŭ ne estas ĝusta, mi ne ĉesas kanti. Kaj mi neniam gustumas ĝin por kontroli: tio estus malfidemo.

– Kaj ĉi tiu legomĝardeno, kiun vi kreskigis ĉi tie? La folioj estas molaj (kaj la studento montris per sia filmilo la bedojn, la brasikojn, karotojn, laktukoj). Ĉu vi ĉion faris sola?

– Ne mi! Tion faris la grundo. Mi devis purigi, lasi la mistraktitan grundon spiri, poste mi moligis, akvumis, lasis la sunon penetri ĝin. Poste mi boris fosetojn, ĉiam petante pardonon de la grundo pro la truigado. Ne eblas planti sen iom vundi la grundon. Sed se oni pardonpetas, ĝi pardonas. Ĝi komprenas, kiam ĝi vidas, ke mi alportis bonajn semojn por ĝia gravediĝo. La grundo similas al virino, junulino, ĝi emas naski. Mi nur helpas. Poste, sufiĉas babili kun ĝi, karesi la tigetojn, kiuj iom post iom aperas. Ĉu tio sufiĉas?

– Ŝajne vi havas specialan rilaton kun la naturo, s-ro Rocha?

– Dio estas la naturo, junulo. Oni multe diskutas pri tio, sed estas nenio diskutinda. Dio ne troviĝas en la naturo, tute ne, Li estas la naturo mem. Li estas la tero, la formikoj, la vento, la pluvo, vi, mi, la banditoj en la karcero, la politikistoj, la suno, la dika plando de mia piedo, miaj dentoj, kiujn mi ankoraŭ havas, ĝis nun. Ne necesas serĉi, kiel diras la pastro: Li estas ĉi tie, Li estas ni. La sekreto de la vivo estas nur kompreni tion.

– Ĉu vi estas feliĉa, s-ro Rocha?

– Ĉi tion mi preferas, ke vi demandu de ĉi tiu tero, kiun mi priplantis. De ĉi tiu ĉemizo, kiun mi lavis hieraŭ kaj hodiaŭ surmetis por la filmado. Mi lavis per blanka sapo.

La junulo finis la filmadon. Li dankis, tre simpatie, li diris, ke li revenos por informi pri la fakultata laboraĵo. Rocha eĉ ne demandis la nomon de la fakultato, de la studento.

Kaj li ne plu ricevis pri tio informon.

30

De tri monatoj mi ne iras surstraten. El ĉi tie maljunuloj ne eliras. Ni rigardas la surstratan movadon tra la pordego, la samajn preterpasantajn homojn sur la trotuaro, kelkaj aŭtomobiloj, bicikloj, kvartalanoj, vagantaj hundoj. Tio estas la resumo de ekstera mondo. Maljunuloj ne rajtas eliri solaj, ĉar oni povas kulpigi la ŝirmejon, se io malbona okazas. Ili iras ekstere nur kun rajtigita funkciulo, kaj ĉar ekzistas malmultaj funkciuloj, neniu esperas simplan promenon ĝis la stratangulo. Sed estas esceptoj. Rocha, la forta negro eliras sur sia biciklo por vendi kokosdolĉaĵojn. Ankaŭ s-ino Ruth, kiu ne estas tiel maljuna kiel ni, ricevas permeson viziti la protestantan kulton, kiam ŝi volas. Ŝi diris al mi, ke post la kulto ŝi promenetas en la placo, sidiĝas sur benko kaj rigardas ĉirkaŭe. La ceteraj restas ĉi-interne, enfermitaj.

De tri monatoj mi ne iras surstraten. Ankaŭ min oni ne permesas eliri. Mi estas tre maljuna, ili ankoraŭ ne bone konas min, ili ankoraŭ dubas pri mia konscio. Mi komprenas ilin. Eble mi stumblos, eble mi glitos, eble mi perdiĝos. Ili jam havas sufiĉe da problemoj ĉi tie.

Hieraŭ, je mia surprizo, oni vokis min veni surstraten. D-ro Luko petis ekzamenojn al ĉiuj internuloj. Sangon kaj urinon oni kolektas ĉi tie; radiografiojn kaj elektrokardiogramojn oni faras ekstere. Jen okazo por promeno! Kelkaj maljunuloj entuziasmiĝas, denove malfermas la okuletojn, ariĝas por enveni la omnibuseton, kiu transportos nin. Estis plezuro vidi la infanojn. La silentaj komencas balbuti, la babilemaj malkvietiĝas. Rubem pretis stariĝi el sia rulseĝo kaj vigle envenis la aŭton. Maria salivis iom pli. Anísia eĉ ne adiaŭis la edzon, ĉar unue iras la virinoj, en alia tago la viroj. Subite, mi ekrememoris la ekskursojn en lerneja tempo: foje, kiam mi estis infano, mi vizitis zoologian ĝardenon, kaj mi multe miris rigardante ĝirafon. *La flegistino Eli akompanis nin.*

Ni formis vicon por ke oni elprenu nian sangon. Neniu plendis, tute male. Tio ŝajnis festo. Aliaj homoj, en la laboratoria fako, rigardis nin kun amuziĝo. Ĉiun maljunulon, kiam li elvenis el la kolektejo kun peceto da kotono premata sur la brako, ĉiuj aplaŭdis brue kaj krie. Kelkaj ne bone komprenis, kio okazas.

Revene, mi demandis la ŝoforon, ĉu li ne povus halti dum kelkaj minutoj ĉe la urba placo. Li rigardis al Eli, kvazaŭ li petus permeson. Mi insistis al ŝi, aliaj maljunulinoj aliĝis al mia peto.

– Al la placo! Al la placo! – kelkaj el ni ekkorusis.

Eli kolere grimacis. Ŝi diris, ke ŝi estas urĝata, ke multe da laboro atendas ŝin en la ŝirmejo, ke ne eblas perdi tempon en stulta halto.

Maljunuloj ne scias insisti. Ni rezignis, ni revenis. Almenaŭ okazis eta promeno.

31

Unu tagon, la prezidanto de la ŝirmejo, krom ĉiuj mankoj kaj financaj kaj administraj dilemoj de la institucio, troviĝis antaŭ neatendita problemo. Jen kiel komenciĝis la afero.

S-ino Lúcia Perpétua estis akceptita en la ŝirmejo, veninte el najbara urbo. Ŝi jam estis okdekjara, forlasita de la familio, terure konscia kaj tragike obstinema. Ŝi alvenis kaj ĉion laŭdis, la organizon, la purecon, la afablecon de la funkciuloj, la simpation de la sociasistantino kiu aprobis ŝian envenon. Ŝi jam estis loĝinta en aliaj maljunulejoj, kaj ŝi neniam antaŭe vidis tiom da kompenteco. Fine, ŝi nun sentis sin hejme. Dolĉa forlasita maljunulineto. Ŝi ne estis tute malriĉa, ŝi havis sian dometon, pension en la valoro de du salajroj, kelkajn meblojn, fornon, fridujon kaj televidilon. Lastatempe ŝi vivis sola, kaj ŝia sanstato jam lamis, sekve ankaŭ ŝia sendependeco. Ŝi do proponis kontribui kaj ne resti submetita al tiom da soleco. Oni kontraktis etan kamionon kaj oni alportis al la ŝirmejo kelkajn el ŝiaj objektoj. Malnova fotelo, ŝia lito, eta komodo. Kiam oni enportis la tutan ŝarĝon, oni trovis neatenditan eron: Buleton.

Buleto do alvenis meze de la transportaĵoj: blanka hundineto kun brunaj harmakuloj sur la korpo. Nelongaj haroj, blanka barbeto montranta altan aĝon, ŝanceliĝanta irado kaj katarakto en ambaŭ okuloj, kompatinda. Ĝi alvenis malĝoja, en la brakoj de s-ino Perpétua. Kiam ĝi estis starigita sur la grundo de la ŝirmejo, por la unua fojo, estis evidenta ĝia malkomforto. Oni scias, ke al maljunaj hundoj, precipe kiam ili estas preskaŭ blindaj, ne plaĉas ŝanĝo de vivloko. Ĝi eĉ ne interesiĝis pri flarado. Se ĝi povus, ĝi dirus:

– Mi volas reveni hejmen.

La funkciuloj konsterniĝis. Neniam antaŭe okazis, ke maljunulo alportis kun si hundon. La sociasistantino estis alvokita.

– S-ino Perpétua, vi ne menciis la hundineton!...

– Fakte, mi ne menciis. Ĉu tio estis necesa? – kaj ŝi mienis naive.

Nun la afero jam okazis. Jam ĉeestis la maljuna sinjorino kaj la maljuna hundineto. Kion fari?

La sekvan tagon, Eli venis por ekkoni la novan loĝanton. Ŝi trovis du novajn loĝantojn. Kiam ŝi alvenis, ŝi mire ekvidis la lamantan Buleton, kiu urinis meze de la centra irejo de la ŝirmejo. Kaj Perpétua, plena de patrineca amo, atendis la rezulton, kun tolaĵo en la mano, per kiu ŝi intencis purigi la etan lagon.

– Kion tio signifas? – ekkriis la flegistino.

– Mia nomo estas Perpétua, kaj ĉi tiu estas Buleto. Ni estas novaj loĝantoj. Ni loĝas kune de 15 jaroj. Certe vi estas la flegistino, oni tre laŭde parolis al mi pri vi. Plezuron.

– Plezuron...

Eli rapidis paroli al la sociasistantino. Ĉu tio estas permesata? Neniu sciis, precize.

– Ni atendu d-ron Luko.

Post du tagoj alvenis d-ro Luko. La du virinoj tuj parolis al li, incititaj, timantaj. La doktoro aŭskultis kun miranta mieno kaj amuzite volis persone ekkoni la du novulinojn en la gastejo. Li sin prezentis, karesis la kapon de Buleto kaj faris al Perpétua la kutimajn demandojn.

Li mezuris la sangopremon, aŭskultis la koron kaj pulmojn, laŭdis la klaran mensostaton per kiu la maljunulineto respondis al li, denove karesis Buleton kaj fine konsideris, tre delikate:

– S-ino Perpétua, vi estas tre bonvena. Mi tre ŝatas Buleton. Sed mi devas sciigi vin: eble oni ne permesos al ni, ke la hundineto restu. Ni neniam havis beston ĉi tie, kaj eble iu povos denunci...

Je la unua fojo, Perpétua ekmontris sian veran vizaĝon. Ŝi ekmienis serioze, fikse rigardis la doktoron kaj la flegistinon kaj replikis:

– Aŭskultu. Buleto estas mia filino, mi zorgas pri ĝi ekde ĝia naskiĝo, ĝi estis tiom malgranda (kaj ŝi montris sian polmon), forlasita surstrate de iu senkora homo. Mi parolas al ĝi, ĝi parolas al mi. Ĝi ne vivas sen mi, mi ne vivas sen ĝi, ĝis ĝi mortos – ne pro manko de mia zorgado. Se oni forprenus de mi Buleton, mi mortus. Vi estas kuracisto, vi scias tion. Mi ja mortus. Por konservi la reston de mia vivo, vi devas permesi, ke Buleto restu. Mi jam ne havas kien iri, kaj sen Buleto mi ne restus. Jen kion mi povas diri al vi.

La doktoro tuj komprenis la situacion.

– Bone, s-ino Perpétua. Vi restu kun Buleto. Ni vidos, kio okazos.

Perpétua sin turnis kaj envenis en la ĉambron (Buleto sekvis ŝin) kaj sidiĝis sur sia malnova fotelo.

La doktoro foriris, kaj kiam li troviĝis sufiĉe for kaj ŝi ne povis aŭdi lin, li flustris al Eli:

– Se tio dependos de mi, Buleto restos.

Eli konsideris:

– Doktoro, mi konas la homojn en la Sanitara Servo. Ili ĝenos nin.

– Fakte, mi jam pensis pri tio. Ni faros la jenon: ni komunikos al ili la aferon, por ke ili ne akuzu, ke ni kaŝis ĝin. Ili venu ĉi tien kaj diru al s-ino Perpétua, ke tio ne estas permesata. Tiel oni faris. Dum kelkaj monatoj, tiu afero dormetis. La Sanitara Servo informis, ke ili inspektos, sed pasis tempo kaj neniu alvenis. La tuta ŝirmejo alkutimiĝis al Buleto, sed al ne ĉiuj plaĉis Perpétua. La maljunulino estis intrigema, kritikema, fiparolis pri kelkaj el la loĝantoj, ofendetis en la plej nekonvena maniero, malobeis regulojn, postulis privilegiojn. Evidente, ŝi opiniis, ke ŝi havas pli da rajtoj ol la ceteraj. Iom post iom ŝi fariĝis ĝenerale antipatia.

Sed Buleto havigis al si ĉies simpation, pro sia mildeco kaj dolĉeco. Ĝi eligis siajn etajn ekskrementojn ĉiam en diskreta angulo de la korto, por faciligi la purigon. Ĝi ne bojis, ne kuris, foje ĝi salutis per la muzeleto iun malĝojan maljunulon, kaj pro tio ĝi ricevis rideton.

Kvar monatojn post la akcepto de Perpétua en la ŝirmejo, fine la burokratoj de la Sanitara Servo alvenis. Ili konstatis la situacion, gratis siajn kapojn, aŭskultis de la maljunulino la minacon, ke ŝi mortos, se oni forprenos de ŝi Buleton, ŝi argumentis, ke ŝi ne havas kien iri. Ili foriris sen ia decido. La sekvan tagon, la prezidanto de la ŝirmejo ricevis komunikon en oficiala papero, kiu substrekis la misaĵon, antaŭviditan en la artikolo x, alineo y, en iu obskura leĝo pri la sekureco de maljunulejoj. La prezidanto rapidis al d-ro Luko.

– Prezidanto, se s-ino Perpétua mortos pro tio, ke oni forprenis de ŝi la hundineton, ni (sed ne la senkora Sanitara Servo) restos kun nia konscienco peza por ĉiam. Faru la jenon. Sendu la sociasistantinon al la urba juĝejo kaj petu juran konsulton. La juĝisto decidu, ĉu Buleto restos, ĉu ĝi ne restos.

La prezidanto trovis la ideon bonega. Estas tute oportune, kiam oni povas transdoni decidon al aliulo.

Post du monatoj, kiam la burokratoj revenis por kontroli, ĉu oni plenumas la leĝon, la prezidanto montris al ili la dokumenton de la juĝejo, kiu oficialigis la konsulton.

– Ni do atendu la decidon de Lia Moŝto, la Juĝisto. – Troviĝis ia nuanco de pli facila spirado en la voĉo de tiuj homoj. La decido de la juĝisto estis sendita post preskaŭ unu jaro, kaj ĝi estis plena de konsideroj. Ĝi konkludis, ke oni faru oficialan lokan ekspertizan ekzamenon, kiu respondu al detalaj demandoj pri la sekureco kaj riskoj rilate al ĉeesto de hundo en la maljunulejo. Pasis unu plia jaro, ĝis unu tagon alvenis ekspertizisto, nome fakulo pri laborkondiĉoj kaj pri infektaj malsanoj, kaj li sin prezentis por ekspertizado. Oni kondukis lin al d-ro Luko, kiu akceptis lin kun bonvenanta rideto.

– Jam ne necesas via kompetenta interveno, kara kolego. S-ino Perpétua mortis dum dormo, la pasintan semajnon. Kaj ankaŭ Buleto forpasis en paco, ĉe la piedoj de la malnova fotelo de ĝia patrino.

La ekspertizisto pli facile spiris. Li estis savita ĝustatempe. Li adiaŭis sen plia komento kaj foriris. La doktoro akompanis lin ĝis la elirejo. Li revenis sian ĉambron enpensiĝe, sed antaŭe li preterpasis la legomĝardenon de Rocha. Tie li renkontis Buleton, kiu montris mienon konsternitan, ne sciante, kien oni kaŝis ĝin. Li prenis ĝin sur siajn brakojn, karesis ĝin kaj revenigis ĝin al la ĉambro de Perpétua, kie Buleto vivis ankoraŭ dum kelkaj monatoj, ĝis ankaŭ ĝi mortis, dum dormo. Ankaŭ pro resopiro oni mortas.

32

(Unu aŭtunan tagon, vi desegnis per krajono mian vizaĝon.
Bela, ne la vizaĝo, sed la streko.
Ci min desegnis alia, nur cia.
Tiu estis la vizaĝo, kiun mi konservis por ĉiam.)

Ĉiujaŭde tre bonkora sinjorino venas por instrui pentrarton sur tolaĵoj al iuj interesitaj maljunulinoj. Ŝi invitis ankaŭ min. Hodiaŭ mi iris tien por vidi, mi preterpasis la lokon, kie staras la lavmaŝino kaj renkontis Antonia, kiu kontempladis la aparataĉon, kvazaŭ ŝi vidus ĝin la unuan fojon. Ŝi detale rigardis, kiel homo, kiu serĉs ion kaŝitan. Mi invitis Antonian al la pentroarta leciono, ŝ eĉ ne respondis.

Tio estis tolaĵoj por kuireja uzo. Kiel mi supozis, ili estis krudaj desegnaĵoj, infanecaj, faritaj per krajono, kaj la lernantinoj devis plenigi ilin per koloroj. La penikoj tremis, ili klopodis obei la limojn de ĉiu desegnopeco. Verda, blua, ruĝa, nun flava, la kruda pasto iom post iom algluiĝis al la tolaĵo por formi vinberajn grapolojn, birdetojn, korojn, papiliojn, rozojn, lekantojn. Ĉiu finpentrita tolaĵo estigis celebron. La aliaj lernantinoj, laŭ stimulo de la instruistino, aplaŭdis. La omaĝita aŭtorino ridetis. Ne senkaŭze oni diras, ke maljunuloj refariĝas infanoj. Se rezultas rideto, kiel mi rajtus kritiki? Bonkora instruistino, sen alia ambicio krom timema rideto. Dum iom da tempo, mi nur observis, sed ne riskis en tiu arto. En la profundo de mi, mi ne akceptis tian naivecon. La leciono finiĝis, mi pardonpetis, ke mi nenion produktis, kaj mi foriris pensante pri ia maniero partopreni en tio.

La sekvan ĵaŭdon, mi alvenis kun plano en la kapo. Mi petis mian tolaĵon sen krajona desegnaĵo, mi petis miajn penikojn, nur la koloron ruĝan mikse kun iom da blua. Mi strekis dometon, laŭ la maniero, kiel al mi instruis mia patrino, kiam mi estis knabino. Unu pordon antaŭan, unu flankan fenestron, tegmenton el pajlo, kamentubon kun eliranta fumeto, malaltan barilon ambaŭflanke, arbon post la barilo. Birdetojn sur la ĉielo, rondan sunon ĉe la horizonto. El la pordo sinuis malpreciza vojeto.

Malsupre, mi skribis:

Ni pensos pri ĉiu knabino
ĉe tiu fenestro bela;

unu nomiĝas Arabela,
alia, laŭ nom' Karolino.

Sed plej profunda sopiro
pri Maria, Maria, Maria.

La bonkora instruistino ne komprenis la devenon de tio, sed ŝi laŭdis. Ĉiuj aplaŭdis. Mi ne bezonis rideti, ĉar ne estis kialo. Kiel supozeble, mi donacis la tolaĵon al d-ro Luko. Mi supozas, ke li komprenis. Tiel finiĝis mia fulma kurso pri plastika arto.

33

Iam kaj iam, la estraro de la ŝirmejo alfrontas miskomprenojn kun familianoj de maljunuloj. Kiam ili alportis kandidatojn, tiam ili estis humilaj, ĝentilaj, malaplombaj. Kelkaj el ili ne havis rimedojn por nutri unu plian buŝon; aliaj ne havis inter la familianoj homon, kiu povus zorgi pri li, kio rezultigis en la praktiko kruelan solecon al kiu la koncerna maljunulo submetiĝis. Preferinde resti en ŝirmejo, kie trejnita skipo kaj ĉeesto de aliaj kunloĝantoj en simila situacio lin konsolus. Fakte, plej ofte la internuloj, malgraŭ la fremda aspekto de la nova hejmo, kolektiva kaj nepersona, vivis pli sekure kaj sane. Tio tamen ne evitis, eĉ se tre paradokse, ke li trapasis tempon, foje longan, de profunda malĝojo. Eĉ bestoj alligiĝas al sia vivejo.

La plej demencaj foje multe kriis. Tiuj estis tranĉaj krioj, ripetaj, tre laŭtaj kaj timigaj, kiuj longiĝis dum horoj. Kiam tio okazis nokte, ili kompreneble ĝenis la dormadojn de la plej proksimaj. Alvenis plendoj. Se la kriado okazis en la momento, kiam familianoj vizitis la ŝirmejon, tiam ĉi tiuj afliktite volis kompreni la kialon. Ili ricevis la klarigon, ke tio simple estas simptomo de demenco, ili tamen ne konsentis. Oni alvokis d-ron Luko, li klarigis, donis ekzemplojn, sed apenaŭ konvinkis. La solvo estis trankviligi la krianton per medikamento. Kaj tiam la familianoj alvenis por la vizitoj kaj trovis lin dormema, apatia, malvigla. Krome, tio kunportis la ne banalan riskon sufokiĝi pro nutraĵoj al li donitaj. Kaj d-ro Luko aŭdis:

– Doktoro, vi dormigas mian avon!

Por tiuj, kiuj elvenas el la ekstera mondo, estas malfacile kompreni, kiel riske estas uzi dormigajn medikamentojn al demencaj maljunuloj. La doktoro interrompis la liveradon de la trankviligiloj kaj komencis atendi la novan plendon:

– Doktoro, mia avo senĉese kriadas!

Pro nura kompatemo, la doktoro rezistis transdoni al tiu familiano (kiu alvenis por nura duonhora vizito) la informon, ke konstanta, amoplena ĉeesto apud la familiano loĝanta en la institucio, kun iom da karesemoj kaj kelkaj vortoj, plej ofte kvietigus la kriadon. Sed tio cetere estus tute vana.

34

Mi vekiĝis en malfrua nokto, post malbona sonĝo, ŝvitegante. Tio estis marĉo, kiun mi klopodis trairi sur malfortika floso. La naŭza koto filtriĝis inter la breĉoj de la ligno. Mi penadis antaŭenpuŝi mian netaŭgan krozilon al la marĝeno, kiu ŝajne pli kaj pli distanciĝis. Por tio, mi uzis longan, maldikan stangon, kiu minacis rompiĝi, ĉiam kiam mi

tuŝis la malprecizan, moviĝeman fundaĵon de la ŝlimejo. La viskozaĵo sur la stango fluis sur miajn manojn, ĝis la kubutoj. Estis arĝentkoloraj fiŝoj naĝantaj en la koto, feliĉaj, facilmovaj, bone nutritaj. Kelkaj el ili saltis sur la floson, kie mi sentis, ke miaj fortoj estingiĝas, kio faris mian tragikan boaton eĉ pli peza. La aero estis densa, humida kaj nebula. Estis je la vesperiĝo. Sur la marĝeno antaŭ mi, kiun mi vane klopodis atingi, sidis mia patrino, tute komforte, sur balancoseĝo, kun eleganta ŝalo sur la ŝultroj kaj la kapo apogita sur la seĝodorso, ornamita per tolaĵo brodita per vivaj koloroj. Ŝi atendis min pacience, kun trankvila, preskaŭ ironia rideto sur la lipoj, kaj dum ŝi observis min, ŝi tenis per la manoj la infanlibron de Cecília Meirelles. Mi vekiĝis aŭdante unu el ŝiaj preferataj frazoj:
– Legi la menuon ne forigas malsaton!

(Vi estis ankaŭ mia patrino,
plej patrineca generanto.
Vi akuŝis min plenkreska, kiam
ĉio ŝajnis jam neŝanĝebla.)

35

Furioza ondo trakuris la ŝirmejon. De purigistinoj ĝis estraranoj, ankaŭ ĉe ĉiuj ankoraŭ iom konsciaj maljunuloj ekvibris ia ekscitiĝo. En tiu malofta vivmomento ne partoprenis nur demencaj maljunuloj, kiuj vagadis en sia nekonata mondo.

– La edzino de la urbestro venos por vizito!

Ni klarigu. Tradicie, laŭ sinsekvaj urbestraj mandatoj, la laŭvicaj estraroj de la ŝirmejo ĉiam klopodadis ricevi iom da helpo de la publikaj servoj. De la ŝtato, tio estis preskaŭ neebla, ĉar ankaŭ la estraranoj de la institucio estis plej ofte simplaj, senhavaj homoj, kiuj ne havis rilatojn kun la "gravuloj" en la ĉefurbo, nome deputitoj, ŝtatsekretarioj, kaj simile. Restis do la ebleco almozpeti iom da helpo de la urba administrado. Preskaŭ vana tasko, kiu dependis de urbkonsilantoj kaj de la ekzekutivo, aparte de la posteno de la sinsekvaj urbestroj. Cetere, apogi ŝirmejon por malriĉaj maljunuloj ne rezultigas favorajn balotojn al politikistoj.

Oni malmulte helpis. Antaŭ kelkaj jaroj, iu sekretario pri sano sendis kuraciston el al publika urba reto por ĉiusemajna vizito al la ŝirmejo. Tio estis valora apogo. Sed kiam d-ro Luko sin prezentis kiel volontulo (tiam la ŝirmejo havus du kuracistajn vizitojn, ĉiusemajne), tiu unua kuracisto por ĉiam malaperis.

Unu el la fleg-teknikistoj ricevis salajron de la urba administro, nur tiu. La flegistinon pagis la institucio mem, je nivelo plej malalta, laŭleĝe. Kurioze, leĝo devigis, ke tiaspeca institucio donu flegistan asistadon sufiĉe regulan, sed ne klarigis, el kie ĝi havigus rimedojn por tio. Sed la ŝirmejo plu kaj plu postvivis, ŝajne pro la protektado de la sanktulo, kies nomon omaĝis la frataro.

– Morgaŭ alvenos la edzino de la urbestro!

Oni rapidis purigi la plankon kaj la vitraĵojn, la necesejojn, etendi sur la litoj la plej blankajn littukojn, balai la koridorojn. La manĝejo, loko plej alloga al kritikemaj okuloj, devus esti senriproĉa. Eĉ la kapelon oni alŝprucis per siteloj da sapakvo. Maljunuloj estu ĉiuj puraj kaj bonodoraj: "Ridetu! Ridetu!"

La urbestredzino estis juna kaj belaspekta, kaj ŝi montris ian malĝojon, miene. Eble ŝi ne kutimis frekventi tian scenejon de maljunuloj en la vivofino, eble ŝi sentis la pezon havi kiel edzon politikiston. Ŝi alvenis kune kun la sekretario pri sano kaj unu urbkonsilanto. Profesia fotisto estis dungita por dokumenti la viziton. Ŝi envenis simpatia, salutis la estraranojn, kiuj akceptis ŝin ĉe la enirejo, ŝi havis melankolian rideton, kvazaŭ ŝi plenumus taskon penigan. La prezidanto de la institucio kondukis ŝin por vidi la diversajn ĉambrojn, ĉiam insistante, ke mankas monrimedoj por teni indan flegadon de senhavaj maljunuloj.

- Foje mankas medikamentoj, la nutraĵoj estas precize kalkulataj, la salajro de la funkciuloj prokrastiĝas... Ni dependas de donacoj... La familianoj de la enloĝantoj plendas, ili akuzas nin en gazetoj...

La vizitantino kapjesis, kompreneme.

- Ĉu vi havas kuraciston?

- D-ro Luko volontule helpas nin. La kuracisto en la publika sanservo jam ne venas...

En la manĝejo, oni priservis la vizitantojn per freŝa kafo kaj biskvitoj. Kelkaj maljunuloj rigardis el ekstere, gapante antaŭ tiuj riĉaj homoj sidantaj ĉe ilia manĝloko. La edzino de la urbestro interŝanĝis kelkajn vortojn kun iuj maljunuloj, ŝi demandis, ĉu ili bone fartas, ĉu oni bone zorgas pri ili, ĉu mankas al ili io esenca. Kaj ŝi konstatis, ke ĉiuj estis feliĉaj. La sekretario pri sano demandis la flegistinon pri la flegservo, pri la higiena situacio, pri la liverado de medikamentoj kaj pansoj, pri la teknikistoj. Supraĵaj demandoj, kiuj estigis supraĵajn respondojn, kaj li estis kontenta.

Iom formale, por eviti dornajn detalojn, oni laŭde komentis pri la asistado donata de la institucio. Ili promesis, ke ili insistos ĉe la urbestro, ke oni donu pli da apogo. Kaj ili adiaŭis, kaj elveturis en oficiala aŭto de la urbadministro, kiu montris sur unu pordo sloganon: "Ni turniĝas al la civitanoj!"

Interne de la granda blanka pordego, la estraro rigardis la forveturon. Same kelkaj el la maljunuloj, tre fieraj, ke ilin celis tiom da atento, flanke de aŭtoritatuloj.

La urbestredzino ne plu revenis.

36

(Sidiĝu ĉi tie, apud mi.
Akomodu apud mi cian doloran foreston,
ho kompaso de mia memoro!
Blovu ĉirkaŭ min cian buŝodoron,
cian brulon, cian flagron, cian molan manon.)

Ĝi estis nokto plena de fantomoj. Pluvetis, la aero estis senmova, sen moviĝo de folioj kaj de niaj pensoj. Mi vekiĝis ŝvitegante, malfrunokte, ne sciante kioma horo estas. Ne gravis. Mi supozis, ke jam estas post la dua. Kaptis min ia malkvieto, ia tremeto ĉe la piedoj. Mi iris el la ĉambro por promeneto. Baldaŭ mi renkontis Marian ĉe la ĉambropordo, staranta, kun la okuloj iom tro malfermitaj en la mallumo, la buŝo ĉiam malfermita, kun strio de salivo fluetanta el buŝangulo. Ŝia korpo balanciĝetis.

– Ĉu ankaŭ vi maldormas, Maria?

Ŝi ne respondis, kiel kutime. Mi preterpasis. Mi eniris la ĉambron de Isabel, kiu anksie spiregadis, dormante, certe ŝi sonĝis pri ia lumo. Mi karesis ŝin, ŝi trankviliĝis. Ŝajnis al mi, ke mi aŭdis murmuron:

– Dankon...

Mi preterpasis la virinon de la flegservo, kaj mi iom kompatis. Pasigi la nokton tie, senfinan nokton, kun tiu kvanto da maljunuloj nenion plu atendantaj de la vivo. Kia perspektivo? Postvivi jam estas multo. La virino dormetis, kurbiĝinte sur la tablo, kie troviĝis disaj paperoj.

Lúcia profunde dormis, kaj la hundineto apud ŝi, sur tapiŝeto kun broditaj borderoj. Mi ekhavis la strangan, fuĝeman penson, ke eble Lúcia estas la malpli soleca inter ni.

Mi revenis al mia ĉambro laŭ la ekstera vojo kaj trovis Antonian starantan, kun la manoj dorse, kontemplanta sian obsedaĵon: Lourdes, la maŝinon.

– Ĉu vi ne dormemas, Antonia? Ĉu sub tia malvarma pluveto?

– La pluvo lavas, Lourdes lavas, la mondo bezonas lavadon.

– Vere, Antonia. Akvo estas io benata, ĉu?

– Pro tio mi amas Lourdes. Ĝi lavas, tagon post tago.

– Ankaŭ Lourdes estas io benata, Antonia.

– Mi pensas. Ĉu Lourdes povas lavi pensojn?

Mi ridis.

– Mi dubas, Antonia. Pensojn nur ni mem povas lavi. Kaj iuj pensoj estas neforviŝeblaj, kiel makulo kaŭzita de ruĝa moruso sur blanka vesto. Tiajn oni devas meti en la fermitan tirkeston en la kapo. Por ke ili ne malhelpu nin.

Mi sentis, ke Antonia emis diri ion alian. Sed ŝi silentis.

– Ni iru dormi, Antonia.

– Baldaŭ, baldaŭ.

Mi iris.

Je la sesa matene, ni ĉiuj vekiĝis pro horora kriego. Hororo, malespero, furiozo, ekstrema teruriĝo, pura konsternego. Tio estis la purigistino, kiu alvenis laŭ la centra strateto de la ŝirmejo, kaj ekvidis la hirtigan scenon: mortintan Antonian. Ŝi vidis kaj ekploris, laŭte, laŭtege, kvazaŭ ŝi volus per tio forigi la scenon.

Ni ĉiuj alkuris kaj ĉirkaŭis hororite la korpon de Antonia, kiu kuŝis apud Lourdes, la lavmaŝino. Antonia sterniĝis kovrita per sangmakuloj, kaj ŝia kapo troviĝis en la truo, tra kiu oni metas malpurajn tolaĵojn. La maŝino estis ankoraŭ funkcianta, la lamenoj ankoraŭ moviĝis, muelante la restaĵon de la kapo de la kompatinda virino – ian ruĝan pastaĵon detruitan de la fortaj aloj. La ekstera korpo ankoraŭ tremetis pro la maŝinaj movoj. Ŝi aspektis kiel ŝirita pupo. Antonia estis metinta sian kapon en la ujon de la moviĝanta maŝino, kiun ŝi mem ŝaltis. La purigistino sukcesis fine malŝalti la maŝinon. La flegteknikistino alkuris ŝokita, kaj tre malfacile sukcesis eltiri la kapon el la ujo. Mortinta. Mi ne povis plu rigardi. Mi revenis la ĉambron, kaj la maljunuloj estis kondukitaj al siaj lokoj. Kelkaj ne komprenis tion, kio okazis. Bonŝance. Ili ne devos konservi tiun penson en la sekreta enkapa tirkesto.

37

Malmultajn monatojn post kiam ŝi estis akceptita en la ŝirm-ejon, Violeta Leme eliris tra la granda blanka pordego, portante la saman malmultan bagaĝon. La junulino de la socia servo klopodis deturni ŝin de tia decido, parte pro tio, ke ŝi foriras sola, tia maljuna sinjorino, ne dirante sian celon, tia malfortika estulo. Parte ĉar la ŝirmejo perdas unu enloĝanton, kiu kontri-buis per tri salajroj. Ne estis maniero konvinki Violeta. Kien ŝi iris? Neniu sciis. Ŝi forveturis en la sama taksio, kiu alportis ŝin.

Sur la lito restis eta ĉifita kajero, speco de taglibro, plenigita per etaj literoj, sbribitaj treme sed regule kaj tute legeblaj. Oni ne scias la kialon, sed ŝi ne emis kunporti ĝin kun si. Ŝi lasis ankaŭ libron de infanpoemoj kaj iujn lekantojn, kiujn ŝi plantis apud la muro, kaj ili vivis ankoraŭ dum kelkaj semajnoj.

Ŝi lasis bonan impreson, ĉar ŝi estis diskreta, ordema, ŝi purigadis kaj ordigis sian ĉambron kaj neniun ĝenis. Sed oni tuj forgesis ŝin. Escepte de Isabel, kiu dum la unuaj semajnoj post ŝia foriro, foje mallaŭte demandis:

– Violeta?... Violeta?...

Post kelkaj monatoj, ankaŭ Isabel silentis.

38

(Jen mi reprenas mian vojon, borde de abismo.
Mi iras kun ci, sentime,
mia ombro etendiĝas antaŭ mi.
Ci estas la malmulta lumo, kiu restas al mi, dorse.
Ĉi tiujn pantoflojn ci donis al mi,
ĉi tiun ĉapelon, ĉi tiun koloran jupon.
Mia nebula rigardo ankoraŭ vidas ciajn konturojn,
kiujn mi konas pli bone ol min mem.
Kun ci mi ankoraŭ kapablas trairi la mondon.)

Originala prozo aperinta ĉe la eldonejo Mondial

Originala romano – Esperanta klasikaĵo!
Jean Forge (Jan Fethke): *Abismoj*

En *Abismoj*, pluraj personoj estas interligitaj per amrilatoj rezultantaj en animaj konfliktoj de ĉiuj envolvitoj: La bienmastro Ernesto Muŝko provas delogi la filinon de najbaro, Halino-n Borki, kiu tamen enamiĝas ne al li, sed al artpentristo, Mateo Ardo, kiu siavice jam havas fianĉinon...

La unua krim-romano en Esperanto!
Argus (Friedrich Ellersiek): *Pro kio?*

En 1920 la germana eldonejo Esperanto-Verlag Friedrich Ellersiek publikigis la krim-romanon *Pro kio?* – de aŭtoro kun la pseŭdonimo Argus, kiu poste montriĝis la posedanto de la eldonejo, Friedrich Wilhelm Ellersiek. Malgraŭ ĵurnalisma sperto, li verkis nur unu romanon: tiun ĉi romanon pri krimo.

Sciencfikcia romano
Julia Sigmond, Sen Rodin: *Libazar' kaj Tero*

Libazar' estas ĝemela planedo de Tero en Galaksio PU-44422. Ĝi estas samtempe la sola insulo de tiu planedo, ĉirkaŭ kiu etendiĝas nur oceano. Tero kaj Libazar' diferencas unu de la alia i.a. laŭ kutimoj, leĝoj, teknologiaj kaj psikaj kapabloj. Fantaziplena romano kun dramecaj eventoj...

Historia romano
Eugène de Zilah: *La Princo ĉe la hunoj*

620-paĝa historia romano pri la vivo, kulturo, moroj de la hunoj en la 3-a jarcento a.K. – Post milita malvenko, la ĉina princo Chan sin kaŝas, dum sep jaroj, en taoisma monakejo. Li decidas forlasi la ĉinan teron kaj komenci novan vivon ĉe la hunoj: alia civilizo kun aliaj homoj, moroj, gustoj kaj odoroj...

Komikso en Esperanto!
Federico Gobbo kaj Yuri Gamberoni: *Bonvenon!*
Laŭra kaj Petro malkovras Esperanton

Laŭra kaj Petro estas gefratoj. Dum feriumado, ili aŭdas pri Esperanto. Komenciĝas aventuro pri la malkovro de la fenomeno Esperanto, t.e. ne nur la lingvo, sed ankaŭ la kulturo malantaŭ ĝi, inkluzive de la biografio de Zamenhof...

VIZITU: www.esperantoliteraturo.com

Originala prozo aperinta ĉe la eldonejo Mondial

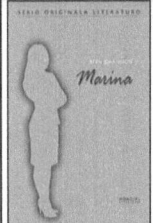

Marina-Trilogio: la unua libro...
Sten Johansson: *Marina*

Moderna romano pri memperdo kaj memtrovo, pri Svedio de la 70aj jaroj ĝis hodiaŭ. La tekstofluo ne ĉiam kronologia efikas filmece kaj katenas la atenton. – Du svedoj kun malsamaj originoj, kun sortoj malsamaj, kies padoj jen krucas sin jen malkuniĝas; kun neatenditaj eventoj kaj revelacioj...

Marina-Trilogio: la dua libro...
Sten Johansson: *Marina ĉe la limo*

Marina vivas kun sia edzino Helle kaj la du adoptitaj gefiloj en Malmö. Ili estas moderna familio, kies kunvivadon minacas pluraj eventoj: personaj, emociaj, sociaj kaj eĉ politikaj. Marina, la centra figuro de la libro, estas devigata analizi siajn rilatojn kun la tri aliaj...

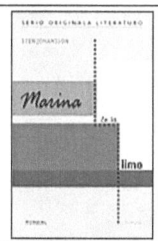

Marina-Trilogio: la tria libro...
Sten Johansson: *La nepo de Marina*

La tri romanoj estas sendependaj verkoj, kvankam multaj agantoj aperas en ĉiuj tri el ili. En ĉi tiu romano, Marina devas konfronti tute alispecajn problemojn en sia nova rolo de avino. Kiel kutime, la lingvaĵo de Sten Johansson estas modela, flua kaj kaptanta la intereson de la leganto.

Tiklaj kaj komplikaj temoj de nia tempo
Sten Johansson: *Falaflo en maco*

Juna sveda virino, Filippa, vidas sin inter du mondoj: Ŝia koramiko, Kasim, havis geavojn kiuj devis fuĝi el Palestino en Libanon. Li partoprenas manifestaciojn de palestinanoj en Svedio. La juddevena avo de Filippa, kiel infano en 1938, devis fuĝi Vienon post la alveno de la germanaj nazioj en Aŭstrio...

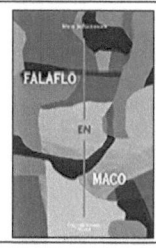

Studentoj en 1968
Sten Johansson: *Sesdek ok*

Tra la okuloj de sveda esperantisto studanta francan literaturon en Parizo, la aŭtoro prezentas la socian situacion en tiama Francio kaj interplektas siajn priskribojn kun aferoj de interhomaj rilatoj, de amo kaj amoro, kiujn li lerte uzas kiel ilustraĵojn de diversaj politikaj movadoj kaj individuaj konvinkiĝoj.

VIZITU: www.esperantoliteraturo.com